スタートライン
始まりをめぐる19の物語

小川糸　万城目学　他

幻冬舎文庫

スタートライン

始まりをめぐる19の物語

目次

帰省

光原百合

YURI MITSUHARA

広島県生まれ。尾道大学准教授。98年に上梓した初のミステリー作品『時計を忘れて森へいこう』（東京創元社刊）で注目を集める。02年「十八の夏」で第55回日本推理作家協会賞（短編部門）を受賞。その他著書に、『イオニアの風』（中央公論新社刊）、『扉守』（文藝春秋刊）などがある。

「今日は『ベッチャー』じゃったね」

葱《ねぎ》を刻む手を止め、母が言った。その言葉を聞いて真帆は、遠くでずっと鳴っていた太鼓の音をようやく意識した。海から吹き上げる風が、ベッチャー祭りの太鼓の音をここまで運んでいたのだろう。

「懐かしいな。お昼を食べたらちょっと見に行ってくるわ」

食卓に二人分の茶碗と湯飲みを並べながら、真帆はそう言った。ほんの思いつきだったが、口にしたとたん、矢も盾もたまらず飛んでいきたい気持ちが湧き上がってきたのに驚いた。もう何年も、思い出すことさえなかった祭なのに。


真帆を送り出す母は、ほんの少し心配そうな顔をしていた。いつに変わらぬ様子を見せているつもりだったが、やはりどこか元気がないと察しているのだろうか。故郷のこの町を離れて大学に進学し、そのまま就職して以来、十一月初めという半端な時期に帰省したことなどなかったから、そのせいもあるかもしれない。

瀬戸の海を見下ろす坂道を下っていくにつれ、鉦《かね》と太鼓の音が近づいてくる。山が海のすぐ近くまで迫るここ潮ノ道の町では、山裾を縁取るように鉄道と国道が走り、それに沿って商店街が長く延びている。この商店街を練り歩く祭の一行が、そろそろこのあたりにさしかかる頃だ。真帆は足を速めて踏切と信号を渡った。

地方の商店街の常で、ここもいつもなら賑わっているとは言いがたいが、今日はかき分けるほどの人出だった。それも子供たち、あるいは親子連れが多い。

「ベッチャーが来たどー！」

真帆のすぐ脇で、いまどき珍しくこんがりと日に焼けた男の子が声をあげた。人ごみを割って、色鮮やかな神輿《みこし》が商店街の中央をやって来る。そのまわりを三体の異形のものが跳ね回っている。赤い装束に、熟柿がつぶれたような武悪《ぶあく》面。白い装束に、鬼のような角を生やした大蛇《おろち》面。緑の装束に、長い鼻の猿田彦《さるたひこ》（天狗）面。それぞれ「ベタ」「ソバ」「ショーキー」と呼ばれる鬼神に扮した男たちが、竹でできたササラや、祝い棒と呼ばれる二色だんだらの棒で、見物人、中でも子供たちを、あたるを幸い叩いたり突いたりしているのだ。一人の母親が、腕に抱いた幼子をショーキーのほうに差し出した。幼子はおびえてべそをかいているが、ショーキーは構わず、ササラでその頭を打った。とうとう大声で泣き出した子供を、母親は笑いながらあやしている。

年長の少年たちは自分たちも手作りらしいだんだら棒を持ち、鬼神の背後に近寄っては逆に叩こうとしている。首尾よく成功、歓声をあげて逃げる子もおり、返り討ちにあう子もいる。

『ベッターベッターベッターベッター』『ソーバソーバソーバソーバ』『ショーキーショーキーショーキーショーキー』

見物人たちは太鼓の拍子に合わせ、三体の鬼神の名をはやし立てる。潮ノ道名物、奇祭と呼ばれるベッチャー祭りだ。

今でこそ笑って見ていられるこの祭が、幼いころはひどく恐ろしかった。実際に練り歩くのはたったの三人なのだが、当時は、毎年十一月三日のこの日、町は恐ろしい顔をした鬼で一杯になるのだと思っていた。

あれは幼稚園のころだったか、怖いから家に隠れていると言い張る真帆を、父が無理やり連れ出した。鬼のそばにはぜったいいっちゃあいけんよ、と念を押す真帆に父はにこにことうなずいて、商店街を埋める人ごみの後ろのほうについた。真帆はさらにその父の背中に隠れてぎゅっと目をつぶっていた。太鼓の音がすぐそばまでやって来た……と思うと、急に体が浮かんだ。驚いて目を開けると、真っ赤な顔からにょっきり生えた長い鼻が真正面にあった。泣き出す間もなく、ササラで頭をぱしりと叩かれる。父が真帆を抱え上げて、鬼たちの前まで連れて行ったのだ。

うらぎりものー、とそのころテレビか何かで覚えたばかりの言葉でなじっても、父は笑うばかりだった。若かった父はそのまま真帆を抱いて、家までの坂道をのぼった。

しかしうちに帰ってからも、むくれた真帆がおやつにも手をつけないので、父はさすがにこのままではまずいと思ったらしい。押入れからアルバムを出してきて、「これを見てみい」と真帆に示した。そこには緑の装束に身を包んだ父が写っていた。背の高い父は堂々とした様子で、脇にあの天狗の面を抱え、鳥居の前で誇らしげに胸を張っている。

「ベッチャーの鬼は、本当はこんなふうに人間が化けとるんじゃけえ、なんも怖いことはない。ベッチャーを祭る神社の若い氏子が交代でやるんじゃ。真帆が生まれる前、お父ちゃんもやったことがあるんよ」

「そんならどうして、あんなにうちらを叩くん？　何も悪いことしとらんのに」

真帆はまだ膨れたまま抗議した。

「ベッチャーの鬼はみんな、怖い顔こそしとるが、ほんまはええ神さんなんじゃ。昔、この町で恐ろしい病気が流行《はや》ったとき、あの鬼たちが現れて病気を追い払って福を招いてくれた、いう話がある。それで今でも、鬼に叩かれた子供は元気に、幸せになれると言われとる。親はみぃんな、子供に幸せになってほしゅうて、あんなふうに叩いてもらいに行くんじゃ」

じゃけえ真帆もなれるよ、元気に、幸せにのぅ——父はそう言って真帆を膝に乗せた。すねるのにもそろそろ飽きていた真帆は、父を許してやることにした。

その父が逝ってから、もう十年になる。

とりとめもない思いにふけっているうち、お練りの最後尾の太鼓も通り過ぎてしまった。

と、そのとき、ほどけかけた人ごみの中から緑の装束の赤い面が飛び出してきた。真帆の目の前に立ちふさがったショーキーは、見上げるほど背が高かった。とたんにササラでぱしんと頭を打たれた。あまりにも急なことで、あっけにとられてしまう。それにショーキーは、ソバやベタと一緒に通り過ぎるところをさっき確かに見送ったはずなのに……。

緑の装束はすぐに身を翻すと、人ごみの中に消えてしまった。

真帆は商店街と並行する、海岸通りと呼ばれる通りにいた。防波堤に寄りかかると、雁木《がんぎ》にずらりと繋《つな》がれた舟が、波にゆすられて互い違いに上下しているのが見える。潮の香りが時折、海の吐息のように強く寄せてくる。

たった今、電話を終えたところだ。真帆から別れを告げるなどと夢にも思っていなかったらしい相手は、滑稽なほどうろたえ、「どうしてなんだ」と何度も口走っていた。真帆はその何度目かで携帯の通話終了ボタンを押し、ついでに電源も切った。

このままではまっしぐらに不幸になるとわかっていながら、自分から断ち切る勇気の出ない恋だった。疲れ果て、休暇を取って故郷に戻ってみても、それで何かが変わるなどと思ってはいなかった。ついさっきまでは。

だから、相手以上に自分のほうが驚いている。よくあの電話をかけ、そして切ることができたものだ。今でも心の一部が裂けたみたいに痛むのに。……だが、「どうしてなんだ」と聞かれれば、理由は簡単だった。

自分には、元気であれ、幸せであれと祈ってくれる存在《ひと》がいる。いつでも、どこにいても。

それに気づいたというだけのことだ。

そろそろ帰らなければ、母が心配するだろう。真帆は防波堤から離れ、歩き出した。

遠くでベッチャー太鼓が響いていた。

1620《イチロクニーゼロ》

三羽省吾

SHOGO MITSUBA

68年岡山県生まれ。02年「太陽がイッパイいっぱい」で第8回小説新潮長篇新人賞を受賞しデビュー。05年に上梓した『厭世フレーバー』（文藝春秋刊）が第27回吉川英治文学新人賞の候補となる。その他著書に、『イレギュラー』（角川書店刊）、『タチコギ』（小社刊）、『公園で逢いましょう。』（祥伝社刊）など。

我が家の浴室は１６２０タイプ、つまりユニットが幅１・６メートル×奥行２・０メートルある。大人でも浴槽で脚を伸ばせるサイズだ。

「家族揃って、でっかい風呂に入るのが夢なんだ」

夫のその言葉で、マンションを買う時に浴室の広さだけは譲らなかった。本当は２ＬＤＫで充分だったけど、１６２０は大きな間取りにしか採用されていないものだから無理をして３ＬＤＫを買った。

夫の夢は叶《かな》ったが、僅《わず》か二年ちょっとで終わった。

離婚の原因は一つや二つではない。でも、私が彼の希望を受け入れられず働き詰めだったことが一番大きかったと思う。残りのこと、例えば彼の浮気やプチＤＶ、私の飲み過ぎ及びプチネグレクトも、そこから派生した枝葉《えだは》に過ぎないから。

マンションは私の名義になり、アツシの親権も私が貰った。その代わり二十数年残ったローンは私が支払い、彼からの養育費も断った。頭金と既に返済済みのぶん、それからアツシと私で１６２０を独占する権利が慰謝料みたいなものだった。

そして三年が経った。私、三十二歳。ますます仕事に励む今日この頃。アツシ、六歳。ただいまマジレンジャーに夢中。今もマジレッドのソフビ人形を浴槽に持ち込んで遊んでいる。

「マージ・マジ・マジーロ！」

変身の呪文を叫びながら手を離すと、底に沈められていたマジレッドが勢いよくお湯から飛び出した。

離婚直後、私は自分でも驚くほど解放感に満ちた気分だった。女友達と話していると、強がりでも何でもなく「次の男、いってみよう！」などと、はしゃぐことも出来た。彼のささやかな希望に応えられず出産後一年で職場に戻ったことに酷《ひど》く負い目があったのだと、その時になって初めて気付いた。

同時に、アツシに寂しい思いをさせてはいけないと強く思うようになった。夫婦仲が上手《うま》く行かなくなっていた二年間、一番の被害者はアツシだったから、そのことに対する贖罪《しょくざい》の意識があったのかもしれない。単に、別れた夫への意地みたいなものがあったせいかもしれない。自分でも理由ははっきりしないけれど、私はそれまで以上に働きながら、良き母親であるよう努力したつもりだ。母親だけでなく、時には父親で、ヒーローでヒロインで、たまにはガールフレンドで、そんなふうに目まぐるしく一人で何役もこなした。

正直「次の男、いってみよう！」なんて場合ではなかった。まず初めの一年は、世間体というのもあったけど〝せめてアツシが一人で着替えが出来るようになるまでは子育てに専念しよう〟という気持ちが強かった。一年が経ち、それは〝アツシが一人で眠れるようになるまで〟に延長された。二年経って〝夜中でも一人でおトイレ出来るようになるまで〟に改められ、三年経った今は更に〝一人でお風呂に入れるようになるまで〟に延びている。

大出クンは大学時代の後輩だった。二年前、サークルの同窓会で再会した。

若い頃の知り合いが再会すると、よく「変わらない」を褒め言葉のように使うけど、彼は違った。

「先輩、変わりましたよね。なんて言うか、男前になりました」

そんな冗談を言う彼だったから、頻繁に食事をし、何でも話す間柄になるまで時間はかからなかった。

「自分ら、ちゃんと付き合わないッスか」

だから、ちっとも飾りのない大出クンのその言葉は、無防備だった私の胸にダイレクトで突き刺さった。

先週のことだった。彼は何の脈絡もなくそう言った。私は程よく酔っていたけど、時刻が七時四十五分だったことはハッキリ覚えてる。八時には保育園にお迎えに行かなければならない。そんな私を彼はよく「歳くったシンデレラみたいッスね」とからかったけど、その日、時間を気にしていたのは彼の方だった。

大出クンは言葉を選びながら、時には躓《つまず》きながら懸命に喋った。私の仕事のこと、自分の収入のこと、そしてアツシのこと。私はいつもの冗談を聞いている時と同じように笑って聞いていたが、内心とても嬉しかった。誰かを好きになり始める時のあの感覚を久々に思い出して、とても幸せな気分に浸ることが出来た。

でも、一人になって先のことを空想した途端、嬉しさと同等の不安に見舞われた。私はそんな自分の反応に狼狽《うろた》えた。みっともないほど狼狽えてしまった。そして、彼からの電話に出なくなった。


「お母さん、どうしたの？」

浴槽で膝を抱えていた私を見て、アツシが心配そうに訊ねた。私は少し考えて、答えた。

「あのね、実はお母さん、マジブルーなんだ」

「うそ！」

マジレンジャーには赤・青・黄・桃・緑の五人がいて、青はマジブルーという。しかも女性。私もそれくらいは把握している。我ながら上手いこと言ったよと思ったのだが、アツシは不思議そうな顔で私を見上げて「マジブルーはもっと若いよ」と言った。脇を摘《つま》んでこちょこちょ攻撃をすると、すぐに降参した。

「本当にマジブルー？」

「うん、かなり重度のマジブルーだね」

「どんな敵と戦ってるの？」

「冥獣ダジャレカチョーとかセクハラブチョーとか」

「変な名前。強い？」

「そいつらはたいしたことないけど、冥府神オーイデって奴がけっこう手強《てごわ》い」

「うそ、ウルザードくらい強い？」

「うん、ツキアワナイッスカっていう卑怯《ひきょう》な魔法を使うんだ」

「ふーん。そいつ、巨大化する？」

「えぇと……たぶん、するね。部分的に」

アツシはどこまで分かっているのか不明な笑顔を見せると、マジレッドを摑んで立ち上がった。

「身体《からだ》、洗おっか」

アッシは一人で洗い場に出ると、不機嫌そうに「いい、自分でやる」と言った。

それからぽつりと、こう呟《つぶや》いた。

「お母さんがホントにマジブルーだったらねぇ、未来予想が出来る筈だよ」

私は何も答えることが出来なかった。代わりに「ボディーソープはそっち」と指摘すると、アッシは「分かってるよ」とやっぱり怒ったように言った。

そうだよね。

不器用な手付きでボディーソープを泡立てるアッシを見ながら、私は思った。

もう自分で何でも出来るもんね。洗っているのが自分じゃなくてマジレッドの身体だとしてもね。頑張ってるのも憶病になってるのも私の勝手。それを、あなたのせいにしちゃ失礼だよね……。

一年が経った。

マジレンジャーは戦いの日々を終えた。

アツシは小学生になった途端にマジレッドを手放した。同時に、たまにしか私と一緒にお風呂に入ってくれなくなった。

私の方は相変わらず。未来予想も出来ないまま、大出クンとは付かず離れずの関係を続けている。成長するのはアツシだけで、私は置いてきぼりをくった子供みたいな気分。

だけど、臆病になっていることを認めたあの日から、少なくともマジブルーであることだけはやめることが出来たような気がする。

一人で入るようになって尚更広く感じる1620で、温《ぬる》めのお湯に包まれながら、私はまんざら悪い気分でもない今日この頃だ。

柔らかな女の記憶

金原ひとみ

HITOMI KANEHARA
83年東京都生まれ。03年に「蛇にピアス」で第27回すばる文学賞を受賞しデビュー。04年同作品で第130回芥川賞を受賞。著書に「アッシュベイビー」「AMEBIC」「オートフィクション」「星へ落ちる」（集英社刊）、「ハイドラ」（新潮社刊）、「憂鬱たち」（文藝春秋刊）、「TRIP TRAP」（角川書店刊）。

薄暗い朝だった。私たちは二人で、徹夜明けで、喫茶店に向かっていた。眠かったけれど、互いに隣で眠るような気分じゃなかった。私たちの家には、ベッドが一つしかない。それが喫茶店に赴いた大きな理由なんだろう。

別れてくれ。彼がそう言ったのが六時間前。交渉は三十分で終了した。彼を怒らせてしまった悪い癖を直しますと約束をして、また一つ感情を殺して、成立した継続。私はほとんど無感情のまま、店員にタピオカ入りアイスモカを注文した。タピオカは、私の好物。

彼が目の前に座って、本を広げた。六時間前、私との別れを渇望していた彼が、今はこうして普通に、目の前に座っているのが不思議で仕方なくて、それでも私には何一つとして感情らしき感情が湧き上がらない。絶望に打ちひしがれたのはほんの一瞬だった。別れてくれと言われた、その瞬間だけだった。それからはずっと平静で、私は泣く事も怒る事もなかった。ただ冷静に、私は別れたくないという意志を伝え、それではこうしませんか、と提案をした。三十分の話し合いの間、ずっと冷静だった。

本を持ってこなかった事を後悔しながら、アイスモカの底に沈んだタピオカを、ストローから吸い込んでいく。歯ごたえのない、ふにゃりとしたタピオカ。歯にこびりついたのが気になって、見つめられてもいないのに、彼から顔を背けて舌で舐め取った。彼は静かに、本のページをめくる。意味もなく携帯をいじったり、意味もなく手帳をめくったりして、とうとう領収書の整理を終えてしまうと、財布をポケットに入れて立ち上がった。

「コンビニ、行ってくるね」

ああ、と興味なさそうに呟いた彼を振り返る事なく、かつかつと喫茶店を出て行く。外の空気を吸うと、解放感が私を包む。早足でコンビニに入ると、ファッション誌を一冊買い、また早足で、喫茶店に戻った。おかえり、一言呟いた彼に、ただいまと一言呟いて、ファッション誌をめくっていく。気に入った商品のページの端を折りつつ、普段はぱらぱらとめくるだけのファッション誌を、編集者が力を入れているページと、入れていないページの差が分かるほど、端から端まで読み込んでいく。

　ふと、彼を見やる。ページに視線を落とし、上から下に向かって、文字をなぞっている彼の眼球は、私がこうして彼を窺い見ている事実を捉えていないのだろうか。捉えているのだとしたら……そう考えてぞっとする。慌てて、手元のバッグ特集に視線を戻す。一時間半。それだけの時間が過ぎても、彼は本から顔を上げない。手元の本はもう、三分の一ほど読み進められている。彼があの本を読み終えたら、私はまた別れようと言われるのかもしれない。やっぱり付き合っていけない。そう言われるのかもしれない。彼と私の間にある椅子に雑誌を置くと、また立ち上がった。

「ちょっと、駅前でお買い物してくるね。読み終わったら、電話して」

　ああ、とまた興味なさそうに呟いた彼を振り返る事なく、バッグを持って喫茶店を出た。駅の方に向かって歩きながら、携帯を開いて検索する。携帯に、二年前不眠症で通っていた、近所の精神科の名前が映し出されると、即座に発信する。かつかつかつかつ、歩きながら呼び出し音に耳を澄ませる。「本日はお休みとなっています……」留守電に切り替わると、電話を切って足を速める。駅向こうに、大きな精神科があったはずだ。信号待ちが恐ろしく長い。駅のガード下をくぐると、精神科が見えてくる。近づくにつれ、強ばっていた顔の筋肉が弛緩していく。電気が点いていない。前まで来て、休診日・土日祝日。と書かれている看板を見つめる。焦りがこみ上げてきて、私の脳天から抜け出て独りでどこかへ行ってしまいそうだった。その場に立ち止まったまま、携帯で精神科を検索する。この近くで、土日もやっている所。十分ほど、その場で検索をして、一件だけヒットした病院へ電話を掛ける。無機質な声に、一瞬留守電ではないかと思ったけれど、相手の看護婦は機械的に予約を受け付けた。

電話を切るとタクシーを停めた。歩いて行くには遠すぎる。看護婦に教えてもらった目印を伝え、はやる気持ちを抑えつけるようにしながら、膝をぐっと握りしめる。どうかまだ、彼から電話が来ませんように。ワンメーターをちょっと超えた所で、タクシーは停まった。精神科の看板を発見すると、エレベーターに乗り込んで閉めるのボタンを連打する。こんにちは。エレベーターの扉が開いた途端、受付の向こうにいる看護婦二人が声を揃えた。こんにちは、呟くように言って、保険証を差し出すと、問診書に記入した。「症状」の欄に、少しだけ考えてから「情緒不安定・不眠」と書き込む。

先生に呼ばれるのを待っている間、頭が破裂しそうなほど携帯が怖かったけれど、彼からの電話はまだ来ない。半ば自棄な気持ちで、携帯の電源を切る。十分ほど経つと、呼ばれた名前に反応して、診察室に入った。先生は初老。真面目そうな銀縁の眼鏡。カルテに走らせるボールペンはパイロット。

「情緒不安定というのは、どんな感じですか？」

「何ていうか、とても不安定で……」

一瞬、彼氏に別れようと言われたんですという真実を言ってしまおうかと思ったけれど、すぐに思い直した。

「仕事が忙しくて、ここのところ、ものをゆっくり考える時間がなくて、感情のコントロールが出来なくて、憂鬱になったり、苛々したりしてしまうんです」

「……そうですか。何か、具体的な原因があったというわけでは、ないんですか？」

「多分、仕事の忙しさと、不眠のせいだと思います」

先生が、疑わしげに見つめているのに気づいていたけれど、目を合わせないようにした。きっと何かはっきりとした原因があるのだと、この人は気づいている。以前服用していたお薬はありますか？　五種類ほど、欲しい薬を列挙していく。先生は渋い顔をした後、三種類だけ私の意見を取り入れた処方箋を書いてくれた。

待合室で会計を待っている間、また不安になる。彼はもう、あの本を読み終えて電話をしてくれたかもしれない。何をしてたんだと聞かれたら、何と答えれば良いのだろう。どきどきしながら、名前を呼ばれて会計を済ませると、看護婦から薬を受け取った。病院を出るとタクシーに乗り込み、彼のいる喫茶店近くの駅名を告げる。もらったばかりの薬を四種類、五錠を唾液で飲み込んでから、携帯の電源を入れる。彼からのメールは入っていない。彼はまだ、読み終わっていない。

駅前で降りると、まず最初に本屋へ向かった。適当に新刊を二冊ほど買うと、次に雑貨屋へ入り、彼へのお土産にミニカーを買った。そして化粧品屋へ入り、口紅とマニキュアを一本ずつ、やはり適当に買う。

喫茶店。彼は私が出て行った時と同じ形で、俯いて本を読んでいた。

「おかえり」

「ただいま」

「結構、時間かかったね」

「うん。お買い物するの久しぶりだったから、色んなとこ見てたの」

言いながら、買ってきた本や化粧品を取り出して、袋から出してアピールする。

「あ、そうだ。お土産」

そう言ってミニカーを差し出すと、彼は無感情だった瞳を少しだけ輝かせ、ミニカーを手に取った。懐かしいなあ、言いながら、テーブルの上を走らせる彼に微笑《ほほえ》みながら、背中に当たる光が私の体温を上げていくのを感じる。振り返ると、いつの間にか空は真っ青で、私は少しだけくらくらする。そろそろ、帰ろうか。そう言う彼に頷いて、私たちは喫茶店を出た。歩きながら、彼がコートのポケットに手を入れて、中でミニカーを弄んでいるのを見つける。彼の腕に腕を絡ませると、彼は少しだけ私を見て、少しだけ唇の両端を上げた。私も唇の両端を上げてみた。薬は素晴らしい。私はクズだ。それでも彼が好きだった。

海辺の別荘で

恒川光太郎

KOTARO TSUNEKAWA
73年東京都生まれ。現在沖縄県在住。05年「夜市」で第12回日本ホラー小説大賞を受賞しデビュー。同作品は第134回直木賞候補に挙げられた。『雷の季節の終わりに』（角川書店刊）は第20回山本周五郎賞候補作に、『秋の牢獄』（角川書店刊）は第29回吉川英治文学新人賞候補作になる。『草祭』（新潮社刊）で第22回山本周五郎賞候補。

島の別荘だった。男は庭のハンモックで読書をしていた。庭からは海が見える。ふと水平線に目を向けると彼方に動くものがあった。

次第に大きくなっていくそれはシーカヤックだった。女が一人で漕いでいる。男は読みかけの本に栞《しおり》を挟むと、ハンモックから降りた。浜辺にでると、ちょうど女がカヤックを引き上げているところだった。女は男に手を振り、男もまた手を振り返した。

「こりゃまた、どこから来たの」

女は白い雲が眩《まばゆ》く輝いている水平線を指差した。

男は浜辺の先に自分の家があることを告げ、疲れているだろうから休んでいかないか、と誘った。

十五分後には、女は男の家のテーブルで牛乳を飲み、蜂蜜を塗ったトーストをひとかじりして幸福のため息をついていた。少し話すと、女は驚異的な島渡りの冒険をしてきたことがわかった。二ヶ月かけていくつもの島伝いにここまで来たという。

「また海にでて行くの？」

女は首を横に振ってから両手をあげた。

「とりあえず、ここが終点」

「じゃあゴールだ。おめでとう」

「ありがとう」

男は冷蔵庫からビールを持ってきて、女と乾杯をした。

「せっかく冒険のゴールなのに、ぼくしかいなくて、ちょっと寂しいね」

「芸能人じゃないんだからそんなものよ。最後は一人でいるほうが好きだし。あ、ごめんなさいね、あなたと会えたのは良かったわ」


夕飯は男が魚と、伊勢海老を焼いて、サラダと一緒にだした。

「夕食までごちそうになって、図々しくてごめんなさい」

「気にしないで。しばらく一人で、退屈していたんだから。それにしても女の子一人で島渡りの冒険なんて、ご両親や友人は反対したんじゃない?」

「女の子って年でもないし、両親はいないからね。私はね、実は浜辺に流れ着いた椰子《やし》の実から生まれたのよ」

男はグラスにワインを注《つ》ぎながら、ふうん、といった。

「桃太郎みたいだね」

「それだけど、桃太郎はさ、もしも洗濯しているおばあさんが桃を拾いそこねて、海まで行っちゃってさ、で、鬼ヶ島に流れ着いて鬼に拾われて育てられていたら、鬼の仲間になっていたかしら?」

「鬼の仲間になっていたと思うよ。まあ確実ではないけどね、そう考えるのが自然だ。で、君の話だけれど……ああ、なるほど、椰子の実から生まれたんだっけ。じゃあ、浜辺に流れ着いて誰に拾われたかが問題だ」

「私を拾ったのは、浜辺を散歩していた大金持ちだった。そこは大金持ちの別荘のプライベートビーチで、私はそこで、彼の娘として育てられたの。あらゆるものに不自由はなく、したいことはなんでもできた」

「そりゃずいぶんラッキーだ」

「でしょう」女は満面に笑みをたたえた。「いい人生だったわ。恋もしたし、冒険もした。おいしい食べ物がたくさんあって、穏やかで満ち足りていた。広い邸宅に爽やかな風が吹きぬけ、小鳥が歌い、いつだって笑っていた」

「ああ、そう」男はため息をついた。

「なによ、それ。なんでため息つくの」女はむっとした。「よくいるよね。幸せな人を見ると、何とか貶《けな》す場所を探して、自分と同じレベルに引き下げないと安心できない不幸な人って。いっとくけど、あたしは完全無欠の幸せものでした！　まあいいけど！　妬《ねた》まれるのは慣れっこだし」

「よくわかりました」男は降参した。女はアルコールに頬を染めて、頬杖をつくと沈んだ声でいった。

「興奮してごめんなさい。せっかくこんな夕食まで作ってもらったのに。恥ずかしいわ。きっとお酒のせいよ」

「それでどうしてカヤックの冒険をすることになったのでしょうか？」気圧《けお》されたのか男は敬語になっていた。

「複雑な理由があるのよ」

私を養ってくれたお父さんは、ある晩、黒ずくめの服装をした男に撃ち殺された。金庫を持って逃げたから強盗だった。でも、お父さんに恨みを持っている人はたくさんいたし、お父さんが死ねば得をする人もたくさんいたから、強盗を装った殺し屋かもしれなかった。実際のところはわからない。

お父さんが死ぬと相続の話がでた。私は拾われた子だったからね。ずいぶんひどいことをたくさんいわれて、僅《わず》かばかりのお金――たったの二千万ぽっち――をもらって、屋敷を追放されてしまったの。

私はひとりぼっちになった。まあそこから先は楽じゃなかったね。ウエイトレスをしたり、自称芸術家と結婚したり、離婚したり、まあずいぶんいろいろあって苦労もしたものよ。

私はそれなりに顔が広かったから、あちこちで、お父さんを殺した犯人の情報を集めた。警察は頼りにならないし。

「結局、犯人は見つかったのですか？」

「十年もしてからだけど、ある男が浮かび上がった。その男は、あの時期屋敷の使用人だった女の恋人で、冬の間は南の離島の別荘で一人で過ごす趣味があることもつきとめた。逮捕には証拠がいるけどね。私にはそんなものいらないから」

女は顔を上げて男を見た。風が庭の棕櫚《しゅろ》の葉を揺らす音が聞こえた。女が口を開くまでに少し間があった。

「もういいの。全部終わったから。ここに来る二つ前の島よ。カヤックで上陸して、夜に殺して、夜のうちに逃げてきたの。誰にも見られなかった自信があるわ。誰が殺したのか、絶対わからないでしょうね」

しばらくの間を置いて男はいった。

「仇《かたき》はとったわけだ。これからどうする？」

「どうもしない。私はもうすぐ椰子の実に戻るの。自分でそれがわかる」女は脱力した様子でテーブルに顔を伏せた。

「ふざけちゃいけない」

「本当なのよ。本当に椰子の実から生まれた女なの。たぶん、そういう種族なんだと思う。時が来ると本能的にわかってくることってあるでしょう？　自分が何なのかわかる瞬間ってあるじゃない」

想像して。海にぷかぷかと椰子の実が浮かんでいる。長い間漂流して、どこかの浜辺にたどり着き、人間の赤ん坊がそこから生まれる。人生がはじまり、いろいろな体験をして、最後に——定められた寿命が近づくとまた海に向かうのよ。

そして海風と陽光に晒《さら》されながら、椰子の実に戻る。再び波に攫《さら》われ漂流し、何百もの昼と夜を経た後、記憶を全て失ってどこかの浜辺でまた赤ん坊になって生まれる。

どうも私は、大昔からそんなことを繰り返しているみたい。珍しい生き物だわ。仲間もいるのかしら。

「それ〈椰子の実〉じゃないじゃん」

「どうでもいいわ。名前なんて」

「まさかだけど本当の話なの？」

女はふっと笑った。

運よくいいところ見つけたわ。たぶん今夜が人生最後の夜。私は消滅し、明日の朝には椰子の実に戻っているから。短いつきあいだったけど、おいしい料理をありがとう。

私、今回は最後に会った人に、告白して裁いてもらうことに決めたの。とんでもない奴だと思ったら、焚き火にくべてしまって。そうでなければ、また海に流してね。

「明日の朝、もし君が椰子の実に戻っていたら、家の棚に飾っておいてもいいかな」
冗談交じりにいってみたが、女はテーブルに顔を伏せたまま、もう口をきかなかった。

街の記憶

三崎亜記

AKI MISAKI
70年福岡県生まれ。04年「となり町戦争」で第17回小説すばる新人賞を受賞しデビュー。同作品は第18回三島由紀夫賞候補、第133回直木賞の候補になる。著書に、「バスジャック」「失われた町」「廃墟建築士」(集英社刊)、「鼓笛隊の襲来」(光文社刊)、「刻まれない明日」(祥伝社刊)など。

「あ、運転手さん、このあたりで止めてもらってもいいかな」

「駅まで行かなくていいんで?」

急な変更を告げたので、ミラーごしに怪訝《けげん》そうな視線が向けられたが、タクシーは路肩に止まった。

取引先への出張帰り、思ったより早く打合せが済んだので、このまままっすぐ駅に戻っても時間を持て余してしまう。見知らぬ街を歩いてみるのも面白いと思ったのだ。

車を降りたのは、駅から程近い住宅街だった。その時になって、空に厚い雲が垂れ込めていることに気付いた。

「うわっ、雨降りそうだな。失敗したかな」

舌打ちしながら差し出した手に、さっそく雨の感触。次の角を曲がった先のコンビニで傘を買っていくことにした。

コンビニを出て、安物のビニール傘を開く。透明なビニールごしの風景には、かすかな歪みが生じた。僕はそのまま、周囲をゆっくりと見渡す。アパートや一戸建ての住宅が建ち並び、コンビニや宅配ピザ屋、クリーニング屋がその合間に店を構える、何の変哲もない、ありふれた住宅街の風景を。

僕の視線は最後に、先ほどのコンビニに行き着いた。全国チェーンの、どこにでもある店だ。特別なことは何もなかった。だが、僕にとっての問題は、そのコンビニが「ここにある」ということだった。

——僕は、どうしてコンビニがあることを知っていたんだ？——

心の中で何度も自分に問いかけては、否定をくりかえす。

だが、抗いようもない「知っている」という事実の前に、自然に思いが言葉となって出てきた。

「僕は……、この街に住んでいた」

認めてしまったことで、記憶がよみがえる。いや、それは「よみがえる」といった類《たぐい》のものではなかった。僕は「忘れていた」わけではないのだから。

一瞬のうちにこの街の記憶が、僕の過去に上塗りされていった。それと同時に、自然に早足となり、ついには雨に濡れるのも構わず駆け出した。

迷うことはなかった。なぜならここは「僕の住んでいた街」だからだ。

うっかり返却を忘れて長期出張に行ってしまい、莫大な延滞料を支払わされたレンタルビデオショップ。アルバイトの女の子が可愛くてつい足を向けていた弁当屋。いつ行っても観客が僕一人で、とうとうつぶれてしまった小さな映画館……。

街の風景のそこかしこに、住んでいた証《あか》しのように、思い出が刻まれていた。それだけで、どこにでもある街の風景が、僕にとって特別なものとなる。

息を切らして一軒のアパートの前で立ち止まり、建物を見上げる。

「三階の、三〇四号室……」

僕が「住んでいた」部屋だ。

様々な思いが交錯する。この街での僕の喜びや悲しみ、ささやかな幸せや寂しさ、そしてわだかまりも鬱屈も、すべてがあの部屋に詰まっているのだ。懐かしさに、思わず涙がこぼれそうになる。

はやる気持ちを抑えて、ゆっくりと階段を上った。三階の一番奥の、西日のあたる1ＬＤＫ。

そこには、僕のものではない名前が記されていた。

拒絶されたような気持ちで、ドアノブに伸ばした手を戻し、見知らぬ名前を見つめ続ける。

「僕が、ここに住んでいたはずがない」

自身を強引に納得させるためにも、そう口にする。

僕は、大学を卒業後すぐに、首都にある今の会社に就職したのだ。この街には、会社の支店も出張所もあるわけではない。住んでいたはずがないのだ。

隣の部屋の住人が顔を出し、たたずむ僕を胡散臭《うさんくさ》げに眺め回す。我に返った僕は、あわててアパートを後にした。

何度もアパートを振り返りながら、駅に向かって歩き出す。

落ち着きを取り戻してきた僕は、自分の身に何が起こったのかを次第に理解し出していた。

考えてみれば、今僕が歩む人生は、日々の無数の選択肢で枝分かれしたうちの一本にすぎないのだ。もし僕が違う大学に合格していたら、違う会社に入っていたら……。その時は、僕はこの街に住んでいたのかもしれない。

僕がたまたま、降りるはずのない場所でタクシーを降りてしまったから、僕が歩んでいたかもしれない人生を、垣間見てしまったのではないだろうか。

歩きながら、僕は気付いていた。さっきまであれほど鮮明だったこの街での記憶が、次第に薄らいできていることに。まるで夢の中で見た風景が、目覚めと共に急速に色褪せていくように。

駅が近づくにつれ、次第に街は賑わい出し、人通りも多くなった。商店街を横切る線路の踏切で、電車の通過を待ちながら、遮断機の向こうに立ち並ぶ多くの人々を見るともなく眺める。見知らぬ街の、見知らぬ住民たちだった。僕は、彼らの誰とも繋がりえないということが、何故かしら不思議に思えた。

遮断機が上がり、人々がいっせいに動き出す。僕の横を通り過ぎていく、見知らぬ顔、見知らぬ顔、そして……。

思いよりも先に言葉が出た。

「郁美……さん？」

突然名前を呼ばれた女性は足を止め、驚いた表情で僕を見つめた。思案顔で左手をそっと口に添える。誰だったかを必死に思い出そうとしているようだった。

「あの、失礼ですが、どこかでお会いしましたでしょうか？」

真顔で尋ねられ、僕は説明のしようもなく口ごもる。

「あ……すみません。人違いでした。知り合いに、とてもよく似ていたもので」

「そうですか。でも、名前まで同じなんて、偶然ですね」

警戒を解いた表情で屈託のない笑顔を見せる。彼女は首を傾《かし》げ、ふっと何か懐かしいものを見るような表情を見せた。

「だけど、どこかでお会いしたような気がするんです。私も。気のせいでしょうか？」

僕が言葉につまり、彼女の笑顔を見つめて立ち尽くしていると、警報機が鳴り出した。踏切の中央で話していた僕たちは、あわてて、それぞれの進む方向へと分かれた。

遮断機が下り、線路の向こうで彼女は僕に小さく会釈をし、背を向けて歩き出した。

「郁美……」

彼女は、この街に住んでいた僕の、恋人だった。

小さくなっていく彼女の後姿を見送る。

彼女の左手の薬指には、指輪があった。そして、それは僕も同様だった。

僕のこの街での記憶には、彼女と僕がどういう結末を迎えたのかは刻まれていない。だけど、もしこの街で暮らしていれば、僕たちは結ばれ、二人でこの街に住んでいたのかもしれない。

その思いを引き裂くように、電車が横切った。彼女と僕の世界を隔てて、電車はゆっくりと通り過ぎる。

遮断機が上がると、もう、彼女の姿はなかった。目の前には、見知らぬ、そしてどこにでもある街の風景が広がっていた。

いつの間にか、雨は上がっていた。僕は傘をたたんで、駅に向けてゆっくりと歩き出した。

恋する交差点

中田永一

EIICHI NAKATA
ライターとして活躍しながら、編集者のすすめで小説を書き始める。著書に『百瀬、こっちを向いて。』『吉祥寺の朝日奈くん』（祥伝社刊）がある。

わたしと彼がしりあったのは東京のスクランブル交差点だった。信号がきりかわると、いっせいに人があるきだして道路の中央で交差する。視界一面が人の頭やら背中やらでうめつくされ、ひじというひじ、かばんというかばんがぶつかりあう。人ごみを歩きなれないわたしは、人間のつくる巨大な波にぐちゃっとおしつぶされた。気づくと、わたしのもっていたかばんが、同い年くらいの男の人のもっているかばんにひっかかっていた。すみません、すみません、とあやまりながらかばんをひきはなそうとするのだが、おかしなぐあいにからまっている。わたしと彼のかばんの取っ手が、ちえのわのわっかみたいに8の字形につながっていたのである。こんなことはふつうありえない。取っ手を一度、切り離して、もう片方の取っ手をくぐらせて、またつなげなければ完成しない形である。彼の推論によると、かばんとかばんがぶつかりあったときに量子トンネル効果をおこし、取っ手の分子同士がすりぬけてしまったのだろう、とのことだった。宇宙が1000回生まれかわってもおこるかどうかわからない現象だが、科学的にありうるのだという。さっぱりわけがわからない。わたしたちはつながりあったふたつのかばんをもって近所の店ではさみを購入した。彼が自分のかばんの取っ手をきってくれたおかげでそれぞれのかばんは独立した。そのかわりわたしたちはくっついた。親しくなり、これが愛なのかもしれないと思えるようになった。

生まれてからずっと田舎の町に住んでいた。そこではゆったりと時間が流れており、昼食のあとにこたつでせんべいをかじっていると、もう夕飯になっているじゃないかという日々だった。高校を卒業し、ニート生活をおくっていたら、両親にお見合いをさせられそうになったので、東京に逃げ出して、専門学校にかよった。東京にはおおぜいの人がいるから、愛のひとつやふたつ、道端にころがってるんじゃないかなという期待もあった。

しかし東京にはしりあいがおらず、一人暮らしをはじめたものの、なにやらむなしさがつのるばかりだった。ステップをふみながらティッシュをくばっている人たちに、上下左右前後の全方位からティッシュをさしだされてこまることもあった。すべてのポケットにティッシュをつめこまれた状態で出会ったのが、交差点でかばんのからまりあった彼である。

彼との交際は順調で、いつしかおたがいに結婚を意識するようになったが、実際にふみきることができなかった。原因がある。手をつないで交差点をあるくとき、なぜだかわたしたちの手がはなればなれになってしまうのだ。

ざあーっと人がおしよせてきて、また引いていく。しばらく車が通過すると、信号がきりかわり、また人がおしよせる。彼と手をつないでスクランブル交差点をわたろうとすると、なぜかしらわたしの場合、トンネル効果がおこってしまうのだ。大勢にもみくちゃにされながらも、彼の手をしっかりとにぎりしめているのだが、対岸にわたりおえてふと気づくと、彼ではなく見知らぬ人の手首をつかんでいる。手をはなしたわけでもなく、すっぽぬけたわけでもない。それなのに交差点をわたりおえてみると、わたしの手がにぎっているのは若い男の子の手首だったり、おじさんの手首だったりする。相手の人は、ぎょっとした様子でわたしを見たり、ぼーっと顔をあからめていたりする。途中まで手をつないでいたはずの彼は、いつのまにかはなれた場所で一人になっている。

東京は人が多すぎる。だからトンネル効果が発生する。でも、本当にこれは科学的な現象なのだろうか。自分の心がうつろっているからじゃないのか？　愛に確信がないから、大勢にもみくちゃにされ、いつのまにか彼の手ではなく、ほかの男性の手をにぎっているのではないのか？　いつからかそう思えてきてしまい、結婚にふみきることへの迷いにつながった。

彼とどこかに出かけるときも、スクランブル交差点をさけるようになった。人ごみにもまれて手がはなれるわたしたちに、結婚生活をやっていくことができるのかどうか疑問だった。そのようなとき、田舎の両親から、そろそろもどってきなさいという連絡がきた。わたしはその件について彼と話し合いたかった。待ち合わせの日時と場所は彼が決めた。
連休の最終日に、渋谷で。

その日、行ってみると想像通りのすさまじい人の数だった。人々のあるく振動で、周囲のビルの窓が小刻みにふるえているほどだった。会うなり彼は緊張した顔でわたしの手をにぎりしめ、駅前のスクランブル交差点にむかってあるきはじめた。わたしは彼にしたがった。見わたすかぎりの地面を人がうめていた。この中をあるこうとすれば、いつのまにかわたしは、他の人の手をにぎってしまうにちがいない。しかし彼はあえて休日の渋谷をえらんだのだ。日本一、人が密集しているという渋谷のスクランブル交差点を。わたしたちは東京の交差点にいどみ、勝たなくてはならなかった。

信号がきりかわり、いっせいに人々があるきはじめた。わたしたちは、おたがいの手をしっかりとにぎりしめて足をふみだした。視界にすきまなく存在する人間の頭や背中。東京に住む人々。彼らは前後左右からおしよせてきた。

がつん、とすれちがいざまに男の人の肩があたった。背後からわたしの名前がよばれる。彼の声だった。ふりかえると、行き交う人のすきまから、はなれた場所に彼の顔が見えた。わたしはいつのまにか見知らぬサラリーマンと手をつないでいた。あわてて手をはなし、人の波をかきわけて彼のいるところにむかった。おたがいに人のすきまから腕をのばし、なんとか手をにぎりあった。

ごんっ、とバンドマンらしい人のかかえたギターが頭にぶつかった。痛みで一瞬、目を閉じた瞬間、さきほど手をにぎりあったはずの彼がいなくなった。わたしは見知らぬ男子高校生と手をにぎりあっていて、相手はきょとんとした顔だった。わたしは手をはなし、彼の姿をさがした。名前をよぶと、人ごみのむこうから返事があった。

「ここだ！」「どこ⁉」「うしろ！」

人々のむこうに彼の顔があった。必死に腕をのばすと、なんとか中指の先端が彼の指先にからんだ。

どんっ。

中年おじさんの指がからんだ。ちがうっ。わたしはおじさんの指をふりほどいた。彼の姿が人にさえぎられ、見失った。わたしの体は人の流れにおされ、荒波にほんろうされる流木のようだった。わたしの名をよぶ彼の声がとおざかりつつあった。

わたしは人々の流れにさからってすすんだ。腕をふりまわし、かきわけ、おしのけた。背広の男をよけて、女子高生のスカートの下をくぐりぬけ、ベビーカーをジャンプでとびこえた。がつ。ぼこ。べき。ぐしゃ。体中に人がぶつかり、怪我をおった。でも、ここであきらめてはいけなかった。見失っても、さがしだして、手をとりあえるはずだった。そのことを証明しなければならないのだ。わたしたちにはそれができるのだということを。何回でも手をつなぎあえるのだということを。決しておたがいを一人にしないのだということを。

やがて人々のすきまに彼の姿が見えた。彼も人の流れにさからって奮闘していた。

おたがいに腕をのばし、ようやくつめのさきがふれた。なんだか涙がでてきた。人差し指同士をひっかけ、おたがいの体をひきよせ、手をにぎりあった。わたしたちのそばに交差点の対岸があり、そのままふたりでわたりおえた。髪はみだれ、体中が擦り傷だらけになっていた。でも、わたしたちはいっしょに交差点をわたることができたのだ。わたしたちは確信した。きっと、何度でも、はなればなれになっても、おたがいをさがしだして、手をのばし、わたっていける。おなじことができる。だから、だいじょうぶだ。わたしたちはだいじょうぶなんだ。翌日、彼を両親に紹介するため実家にむかった。

花嫁の悪い癖

伊藤たかみ

TAKAMI ITO
71年兵庫県生まれ。95年「助手席にて、グルグル・ダンスを踊って」で第32回文藝賞を受賞しデビュー。06年「八月の路上に捨てる」で第135回芥川賞を受賞。著書に『フラミンゴの家』『海峡の南』(文藝春秋刊)、『カンランシャ』(光文社刊)、『誰かと暮らすということ』(角川書店刊)など。

奈津実は、他人に説明をするのが苦手らしい。特に口べたではなく、むしろおしゃべりなほどなのに、すんなりと伝わらないことに苛立つのだと自分自身で言っていた。だからなのか、酔うとコースターやライターやつまようじを使い、図式化して伝えようとする。しかし、これがかえって混乱の素になるのだ。

その夜も彼女は悪戦苦闘していた。僕たちは南青山で食事をしたあと、すぐそばのバーで飲んでいたのだが、アクリル製の黒いカウンターの上には、ピスタチオの殻とカシューナッツがびっしりと並べられ、一見、何かのスコアをつけているようでもあった。殻とナッツの間にはところどころ隙間《すきま》が空いている。

さらに説明を続けようと、奈津実はその隙間にジャイアントコーンを置こうとした。

だがコーンのサイズが大きすぎ、せっかく並べた殻とカシューナッツをばらばらにしてしまうのだった。

「だから、そんなの使わなくても大体わかるってば」

僕は言った。大体どころか、すっきりとわかる。もうすぐ結婚をする恋人が浮気していたことに気がつき、三者面談をしたという話だ。ところが、相手の女と協力して男のスケジュールをつき合わせてみたところ、さらにもうひとつほころびが見つかったのである。

「何だか変だと思って訊いたら、案の定もう一人いたんだよ。しかもどうしてだか、その子と会う周期がぴたっと素数になってんの。さすがにね、あんたセミかよって笑うしかなかった」

素数の周期で大量発生するとかいうセミの話なのだろう。僕はよく知らなかったが、彼女がまた新しい小物を探しているのを目ざとく見つけて、セミの説明はいいからと制した。このままではカウンターでひじもつけなくなってしまう。

「それで、直談判に来た恋人……って言うのか愛人って言うのか、とにかくその子とは話がついたわけだろ？」

この愛人と密会した日を示しているカシューナッツを一粒つまみ、口の中に放り込んだ。ミルクみたいに溶けた。密会は濃厚な味がする。

「そっちはいいとして、もう一人いた子はどうなったのさ」

「どうにもなってない。いるってことがわかっただけで、彼氏もそれが恋人だとは認めないし。ばればれなのに、そいつだけは友達だからって言い張るんだよ」

そこで奈津実の話はまた飛んだ。そもそも、男女の友情って成立するのかな——そう言って、ピスタチオの殻をゆりかごのように揺らす。カウンターの中にいた若いバーテンが、少々迷惑そうな表情で散らばったナッツを見守っていた。

「男女の友情なんて結局、まだセックスしてない友達ってことでしかないと思うな、私」

いい歳をして、大声でセックスとか言うなよ。耳元で彼女を窘《たしな》める。けれど本当にいい歳だった。互いに離婚歴まである。

奈津実はしかし、浮気がばれたこの恋人との結婚を破談にするつもりはないらしかった。散々な目に遭ったあとじゃあ、寛容になるんだよね。いや、男の許せるところと許せない部分が変わってくるのかも。今夜の予定を決めるメールに、奈津実は予めそう書いてよこしていた。

僕が彼女の恋に反対でもすると思ったのだろうか。

「お前は、すぐそうやって決めつける」

「じゃあ何よ、あんたまさかその歳にもなって、男女の友情が本当にあると思ってんの？」

「逆。この歳になったから、ないとも言えなくなった」

大体、自分たちだってそうじゃないか。

そう口にすると、急に二人が安っぽくなってしまった気がした。慌ててジンライムのおかわりを頼む。

「何だかんだ忙しいわりには、三ヶ月に一回ぐらいずつ会って飲んでるだろ。大学卒業してからもずっとだぜ」

するとと奈津実はしばらく考え込むようにして、並べたナッツの上段にライターを寝そべらせた。ライターの中には星のスパンコールが入っている。それを使って今度は何の説明をするのかと構えていたが、あてが外れた。唐突に、いつか二人で行ったモルジブの海みたいじゃない？　と彼女は笑ったのだ。

空にはライターの星があって、カウンターは黒い海。ピスタチオの殻が、浜に落ちてる椰子の実。

「ね」

「センチメンタルなこと言うな。酔った？」

「私たち別れたのって、確か大学終わる年だったよね。じゃあ、もう十年以上もこうしてやってるのかあ」

そうなのだ。だから、男女の友情などあるはずがないと宣言することができない。それに、せっかく再婚するつもりになった奈津実に水を差したくもなかったので、僕はあえて男の肩を持つことにした。向こうだって再婚だし、自分たちみたいにいろいろあったんだよ。一件ぐらい、男女の友情が成立していてもいいんじゃないの、などと適当なことを言って聞かせる。

「それは、まだセックスしてない友達じゃなくて、散々やりつくした友達でしょう。だったらありだよ」

あ、またセックスって言っちゃった。彼女は一度断りを入れてから続けた。「つまり……燃えかすみたいなのは、別に構わないっていうのかなあ」

「じゃあ俺たちは、燃えかすみたいな友情で結ばれてるってわけかよ」

そうつぶやいてみたら、自分でもおかしくなった。笑った。確かにそんなものかもしれない。口には出さないが、こう見えても彼女の再婚を純粋に喜んでいるのだから。綺麗事ではなくむしろ滑稽な意味で、二人は男女の関係からはるばる遠くに来てしまった。

「燃えかすとは違うか。だったら、ええと」

やっぱり上手く説明できないや。昔からの癖で、奈津実は面倒になるとすぐ話題ごと投げ捨ててしまう。ため息とも笑いとも、どちらとも取れるような息を吐き出し、肩をすくめてみせるのだった。けれど、今まで何度も目にしてきたその仕草は、もはや気にもならなかった。つき合っていた頃は、言い足りないことがあるんならちゃんと説明しろよと食ってかかったものだが、今は、彼女のもどかしさをそのまま眺めていたかった。我ながら理由はわからないのでこっちこそ肩をすくめたくもなるが、それが本当の気持ちだから仕方がない。

男女の友情と同じことかもしれない。いいことなのか悪いことなのかは決めないまま、成立するかしないかにも答を出さないまま、たゆたうように心を泳がせていたかった。

奈津実と新しい夫はどちらも、以前の結婚で式を挙げなかった。だから別れやすかったのかもしれないという反省もあり、今度ばかりは結婚式をすることにしたそうだ。むしろ形式張っていると言えるぐらいにしっかりとやった。

暑気をはらんだ十月吉日、椿山荘は人でごった返していた。

自慢の庭園に皆が出たところで、僕はおめでとうを言いに新郎新婦のそばに寄ったのだけれど、同僚なのか大学時代の友人なのか、カメラや携帯を持った女の子たちが奈津実を取り囲んだので近づけなくなった。

輪からはじき出されてしまった僕に気づいた彼女は、いつものように肩をすくめてみせた。けれどその日のは悪い癖が出たのではなくて、ちょっとした照れ隠しだった。鎖骨の辺りが強い日差しを浴び、つるりと光った。幸せでまぶしいのか、新郎もそっちのけで目を細めて笑っている。自分自身を密やかに祝っていたのかもしれない。

それが何度目であっても、花嫁というものは無条件にいい。新たな人生に踏み出す者が放つたくましさと、女のしなやかさが、何の矛盾もなく調和している。そこには、彼女が苦手だと言う説明など、ひとかけらの必要もなかった。

ココア

島本理生

RIO SHIMAMOTO

83年東京都生まれ。01年「シルエット」で第44回群像新人文学賞優秀作を受賞。03年「リトル・バイ・リトル」で第25回野間文藝新人賞を最年少で受賞。おもな著書に『ナラタージュ』『波打ち際の蛍』（角川書店刊）、『君が降る日』（小社刊）、『真綿荘の住人たち』（文藝春秋刊）などがある。

まだ騒ぐ胸を抱えてレンタルビデオを返却した帰り、急にココアが飲みたくなって、近所のモスバーガーへ向かった。

頰に触れる空気が冷たく、左手の薬指に嵌《は》めた指輪が窮屈で、私はまだ、自分を祝福できずにいた。

明るい店内に入り、レジでメニューも見ずにココアを注文すると、すぐに真っ白なクリームの浮いたマグカップが出てきた。

私は窓際の席に座り、すぐにはカップに口を付けずに、まずはハンドバッグから煙草を取り出して火をつけた。それから携帯を開いて、たくさん来ていたメールに返信する。

おめでとう。おめでとう、幸せになってね。

友人たちのまっすぐなお祝いには素直に胸を打たれるのに、それが自分とはどこか無関係の出来事のように感じられるのはなぜだろう。

今朝はとても晴れていて、枯れ葉の積もった道を彼と歩いて市役所まで行った。

ロビーには他にも二、三組のカップルが待っていて、記念の写真を撮ったりしてはしゃいでいたけれど、私たちは変に緊張して無口になっていた。

しばらく窓口のほうを見ていた私が、ふと、結婚と離婚と誕生と死亡の届け出がぜんぶ同じところなのは良くないね、と言ったら、となりの彼はすぐに、たしかにそうだね、と同意してくれた。

名前を呼ばれるまでの間、私は手続きとしての結婚と離婚、生と死がとても近いところにあるという事実に思いをはせていた。

無事に入籍を済ませ、夕飯のときに飲んだシャンパンは美味《おい》しかったけど、自分の気持ちが定まらないのは黄金色のアルコールのせいではない気がした。

それでもローストビーフやクリームソースのパスタを、美味しい、美味しい、と言い合っていたら、彼がフォークを回しながら、ふいに訊いた。

「だけど、本当に結婚式とか、やらなくて良かったの？」

私はもぐもぐと口を動かしながら、うん、と即答した。

「自分が着飾るの、嫌い」

「白いドレスよりもイームズの椅子を欲しがるなんて、さすが僕の嫁。いや、妻のほうがいいのかな」

彼は、買ってきたばかりのプラモデルを弄《いじ》る子供みたいな口調で、そう言い直した。

「イサム・ノグチのテーブルもね。いつかお金が貯まったら」

「けど、美智さんの結婚式では、君、感動してボロ泣きだったのにね」

「だってあまりに典型みたいな式だったんだもん」

美智は小学生のときから仲の良い女友達で、数ヶ月前に結婚式を挙げたのだ。

「入場のラブソングが流れて、新婦の父親がずっとすねてて、新婦が両親への手紙で泣いて、両親も泣いて」

彼は、ああ、とグラスを傾けながら、納得したように頷いた。

「たしかにそれは、君のイメージじゃないかもな」

食事を終え、お茶を飲みながらそれぞれが雑誌を読み始めたとき、ふいにビデオを延滞していたことを思い出した。

ついて来るという彼に、笑って首を振り、私はコートを羽織ってから、買ったばかりの白いファーをお守りのように首に巻いて、一人で家を出た。

モスバーガーの店内で、一人、ゆっくりと煙草を吸いながらレシートの裏に明日買うべきものを書き出しても、浮かんでくるのはまったくべつの事柄ばかりだった。

五年間も付き合っていたのだから、当然、思い出は綺麗なものばかりじゃない。仕事で忙しくて疎遠になった時期もあったし、不安で頼りたい夜にかぎって連絡が取れなくて絶望したり、他に好きな子がいたとかいう打ち明け話をされたこともあった。

この世界に私という人間はたった一人しかいないけれど、それは単に個体差の問題であって、優劣とは関係ない。いつかもっと美しくて健やかな女性が彼の新しい窓を開くとき、私は広すぎる家の中に置いていかれるのかも知れない。

そんなふうに不安ばかり指折り数えてしまうのは、両親のせいだと分かっていた。

「たしかにそれは、君のイメージじゃないかもな」

彼がそう言ったのは、きっと私の冷静さや合理性に対して。だけどそれをつくり上げたものの影を、私はまだ手放してはいなかった。

残念なことに、娘に対してさほど愛情深くなかった両親とは、私が家を出て以来、ほとんどと言っていいほど会っていない。結婚を告げたときも電話だった。

一応、彼を紹介しようかと訊いたら、べつにそんな必要はないでしょう、とあっさり返されて、私も、そうだね、と答えて受話器を置いた。それが自分の最後の期待だったことに今さら気付かされながら。

父と母が仲良く寄り添っているところをまったくと言っていいほど見たことのない私には、正直、結婚は幸せなことだという信頼すらなかった。むしろ、結婚と離婚、生と死が一括《ひとくく》りにされてしまうように、つながることは裏切りや別れを常に抱いてる。結婚は、実際に訪れる別れよりも、ずっとずっと不安定で脆《もろ》くて怖ろしいものに感じられて仕方なかった。

そんなことを考えながらカップに口を付けると、ひんやりとしたクリームの底からびっくりするほど熱い液体が流れ込んできて、思考が止まった。

二人で市役所へ向かう途中、信号が変わるのを待っている間に彼が冗談で

「逃げるなら最後のチャンスだよ」

と言ったとき、私はただ笑っただけだったけど、本当は一瞬、とても強く、この場から走り出す自分を想像した。

空はまぶしいくらいに晴れていて、それは未来を一つ決定してしまうにはもったいないほどで、だけど、もし一人で走り出した先で新しい世界を見つけることができたなら、私はやっぱりこの人のところへ帰ってきて、子供のように頬を赤くしながらそのことを語るのだろうと思った。

普段はそれほど飲むことのないココアをすんなり舌の上で受け止めるたび、自分

の心にも、結婚という華やかすぎる単語が、一口ずつ、溶け始めた。

私は空になったマグカップを前に、ふたたび携帯を開いた。

「もしもし。君、いまどこにいるの？」

なんだか子供みたいな声でそう訊く彼に、モスだけどもう帰るよ、と告げると
「じつは、なんか熱が出てきたみたい」

ええ、と驚いて聞き返すと、彼は情けない声で言った。

「無事に入籍できて、気が緩んだのかも」

その一言で、とても嬉しい気持ちになっている自分に気付いた。

「帰りにコンビニで冷却シートとか、ポカリとか買っていこうか？」

「うんっ。頼んだよ」

私は、了解、と答えて電話を切り、立ち上がった。

カップと灰皿を片付けて店を出た後、ふたたび寒い夜の中を歩き出した私は、まだ舌に残る甘さをおごそかな気持ちで味わい続けていた。

風が持っていった

橋本紡

TSUMUGU HASHIMOTO
三重県生まれ。第4回電撃小説大賞金賞受賞。おもな著書に『ひかりをすくう』（光文社刊）、『空色ヒッチハイカー』（新潮社刊）、『月光スイッチ』（角川書店刊）、『彩乃ちゃんのお告げ』（講談社刊）、『橋をめぐる』（文藝春秋刊）、『もうすぐ』（新潮社刊）などがある。

警察署の近くにある店で、塔子はお弁当を注文した。五十歳前後の夫婦が切り盛りしている小さな弁当屋は、いかにも庶民的だ。お洒落《しゃれ》とか小綺麗なんて言葉とは程遠い。ただ味の方はなかなかだった。調理を担当しているオジサンの腕がいいのだろう。だから週に二、三回は来ている。

やがて唐揚げができあがり、オジサンがバットに盛られたそれを差し出すと、オバサンはなにも言わず受け取り、容器に盛った。持ち帰り用のビニール袋に入れ、さらに頼んでいないサラダパックまで詰めてから、塔子に差し出してきた。

「どうぞ。四百八十円です」

値段にはもちろん、サラダパックの分は入っていない。

塔子は戸惑った。

「あの、サラダは……」

「お肉を食べると、生野菜も欲しくなるでしょう。いつも買ってくれるから」

サービスということか。

「本当にいいんですか」

「どうぞどうぞ」

オバサンはにっこり笑った。目尻に深い皺《しわ》ができる。肌の手入れをしてないんだなと思った。ちょっと前、都心のオフィスに書類を届けた。受け取ったのは五十代の女性で、気合いの入ったメイクをし、その肌は不自然なほど艶々《つやつや》していた。目の前のオバサンの肌は、ちっとも艶々していない。むしろくすんでる。

「また来てちょうだいね」

「はい。サラダ、ありがとうございます」

「いえいえ」

受け取った唐揚げ弁当は、とても温かかった。

袋をぶらぶら揺らしながら、近くの川に向かった。両岸が公園として整備されているのだ。

四月とはいえ、流れていく風は、いくらか肌寒さを感じさせる。けれど日差しは紛れもなく春そのもので、塔子の足取りは自然と軽くなった。それにしても、都心のキャリアウーマンとお弁当屋のオバサンはずいぶん違ったな。キャリアウーマンはまだまだ女で、若い彼氏のひとりやふたりはいそうだった。首を傾げ、にっこり笑った姿には、現役特有の艶《なま》めかしさがあった。お弁当屋のオバサンは……悪いけど、もう女って感じじゃない。同じころに生まれて、同じくらいの年月を経てきたのに、人間はこうも違ってしまう。重ねてきたものが、ふたりをかけ離れたところに運んでしまったのだ。

お手入れを頑張ろうっと——。

買うかどうか迷っていた乳液があったのだけれど、買うことに決めた。一万円以上するので痛い出費だ。とはいえ肌の張りには代えられない。二十代も後半になると、衰えを感じることがあるのだ。肌が一番、正直だった。

公園のベンチに腰かけ、お弁当を食べた。まだ若い緑の香りが漂ってくる。塔子が勤める会社は、都下の、駅からだいぶ離れた場所にあった。そのせいか東京都内なのに田舎の風情を残している。高層ビルが建ち並ぶ都心とは違うのだ。ああいうお洒落なオフィスで働いてみたいと思うこともあるけれど、今の支所勤務だって悪くなかった。上司も同僚も優しいし、のんびりしてるし、お給料も悪くない。

目の前を、鳥が飛んでいく。まるで空を切るかのよう。すごく速い。背中はエメラルド色だった。あ、カワセミだ。びっくりした。田舎とはいえ、いちおう都内なのに。そんな鳥がいるなんて。カワセミの姿は、空の青に紛れ、すぐ見えなくなってしまった。

風が吹いた。

茂り始めたばかりの雑草が、揃って頭を傾けた。

塔子の髪も揺れた。

肌寒いけれど、それでも気持ちいい。このまま、ずっと風に吹かれていたい気がする。

やがて塔子は思い出した。

あのときも、今と同じように、春の風が吹いていたっけ。


塔子が育ったのは、中国地方の城下町だった。県内では一番大きな町で、歴史も古かった。お城の周辺に第一高校から第三高校まであり、それらはすべて男子校だ。同じように女子校もあって、第一女子高校と第二女子高校が、お城の東と西に建っている。大昔から、一高の男子は、一女の女子と付き合うことになっていた。不文律のようなものだ。

塔子は一女に通っていた。

篤弘は一高に通っていた。

周囲からは理想的なカップルだと思われていたし、確かに幸せだった。篤弘はバスケットボール部に入っていて、そんなに背は高くなかったけれど、動きが速いからスモールフォワード、つまり三番を背負っていた。二年の二学期、二高との対抗戦を観に行ったことがある。ボールを持った篤弘は、敵陣を斜めに切り裂き、フェイントを入れたあと、ボールをひょいと投げた。そのボールは見事な放物線を描き、リングをくぐった。自陣に戻る途中、篤弘は客席に目を走らせ、塔子の顔を見つけると顔をほころばせた。

嬉しくて、恥ずかしくて、手を上げることなんてできなかった。膝の上で、両手を握りしめるだけ。

ああ、あのころのわたしは、なんと幼かったのだろう。

川のそばをふたりで歩いたことがある。

「来週、三者面談だな」

「そうだね」

「俺は京都の大学をいくつか受ける予定なんだ」

「ふうん」

春の風が吹いていた。背の低い山が四方を囲んでいた。

「おまえは絞ったのか」

「考えてるところ」

曖昧《あいまい》に言った。塔子は、東京の大学に行きたかった。ある大学のカリキュラムに惹かれていたし、日本の中心を見てみたいという気持ちもあった。杉並に叔母が住んでおり、住まいの世話をしてくれるという話が進んでいた。

両親も応援してくれている。

そうなのだ。ほとんど話は決まっていたのだ。

なのに塔子は、篤弘に話せないでいた。彼が志望する大学は京都にあると前々から聞いていたからだ。

「塔子も京都に行けるといいな」

「うん。そうだね」

「――大とか、――女子とか、おまえ向きなんじゃないか」

「ええ、レベル高いよ」

あのとき、わたしはどんな顔をしてたんだろう。すべてを隠し、笑ってたんだろうか。

「努力すれば届くって」

「難しいよ、やっぱり」

「いざとなったら、俺がつきっきりで教えるさ。夜も、朝も」

真面目な顔をしていたけれど、最後の方は少し茶化すような調子が混じった。それでようやく、塔子は笑うことができた。

「なにを教えるつもりなの」

「勉強に決まってるだろう」

篤弘は大げさに笑った。

「おまけはちょっとだけだって」

「なによ。おまけって」

「さあ。なんだろうな」

篤弘は足を速めた。追いかけようとしたとき、風に躍った前髪が目に入った。あ、痛い……。塔子は瞼《まぶた》を擦《こす》った。ちくちくとした痛みはしばらく続いて、少し涙が滲《にじ》んだ。

篤弘とは夏に別れた。高校生とはいえ、男と女だから、修羅場もあった。殴られはしなかったものの、一度だけ腕を強く摑まれた。痛い痛いと訴えると、優しい篤弘はすぐ離してくれた。最後は篤弘が別れを切り出した。

あるいは、それもまた、彼の優しさだったのかもしれない。


お弁当を食べ終えたあと、塔子はぼんやり風景を眺めた。春の風を受けた。髪が乱れるに任せた。両膝を抱えた。東京に出てきてから、いつの間にか十年が過ぎている。故郷はどれくらい離れてしまったんだろうか。五百キロ、あるいは六百キロか。いや、もっとか。ＰＰ＆Ｍが歌ってたな。五百マイルも故郷から離れて、と。

マイルは一・六キロだから、つまり八百キロ。実際、そんなものなのかもしれない。カワセミの姿をまた見られないだろうか。ぎりぎりまで粘ってみたけれど、会社に戻る時刻をセットしてあった携帯電話が鳴り出した。最近流行ってる曲で、永遠の愛を歌ったものだった。

帰りにまた、お弁当屋さんの前を通った。

かき入れ時を過ぎたせいか、店の奥に、夫婦の姿があった。休憩中らしい。膝を並べて座り、食事を摂っている。オジサンがなにか言うと、オバサンは頷いた。そして今度は彼女が口を開いた。ちっともお洒落な店じゃないし、小綺麗でもない。オバサンはスキンケアをまったくしてない。ああなりたくないと塔子は思う。けれど、膝を並べて座り、同じものを食べる夫婦の姿は、あまりにもまぶしかった。とても大切なものが宿っているように思えた。今の塔子がどんなに手を伸ばしても、決して届かないものだった。

いろんなことが思い浮かんだ。大切なこともあったし、下らないこともあった。

昔のこともあったし、今のこともあった。結局、すべて流れ去っていった。春の風が持っていってくれた。それでいいんだろうなと思いつつ、塔子は坂を登った。

会心幕張

宮木あや子

AYAKO MIYAGI
76年神奈川県生まれ。06年「花宵道中」で第5回「女による女のためのR-18文学賞」の大賞と読者賞をダブル受賞。著書に『白蝶花』(新潮社刊)、『泥ぞつもりて』(文藝春秋刊)、『群青』(小学館刊)、『野良女』(光文社刊)、『太陽の庭』(集英社刊)など。

高校生のときに初めて付き合った女の子の父親は江戸っ子だった。彼女の名前は「ヒロミ」だったのだが、お父さんは江戸っ子なので娘を呼ぶ際「シロミ」になる。ちなみに彼女の姉の名は「キミコ」だった。その名前構成は狙ったんですか、とは最後まで訊くことができなかった。

社会人になってからできた何人目かの彼女は、妙にアメリカにかぶれた女だった。セックスのことをずばりセックスと言う女は奥ゆかしくなくて苦手だったのだが、彼女の性技におぼれていた私はその奥ゆかしさゼロの彼女と、それなりに長く付き合った。女性の陰部のことをバジャイナと言う彼女は、男性器のことをペニスと呼び、口淫のことをフェラチオと呼んだ。女陰をバジャイナと呼ぶくらいなら、それぞれをピーナス、フェレイシオに呼びかえることくらいしてほしかった。「あなたのエレクトしたペニスを私のバジャイナに突っ込んで」と言われつづけて二年、エレクトはハードオン、ペニスはピーナスだ、と、とうとう言葉の間違いを正してしまい、彼女の自尊心を傷つけてしまった私は彼女に振られた。振られた日、私はなぜかヒロミの父を思い出した。発音できないならば無理しなければ良いのに。

そして私は齢《よわい》三十を超えた。二十八あたりに女と別れてから、彼女はいない。趣味でつづけているロックバンドの仲間は私を入れて四人。二人は既に結婚していた。もうひとりも来年結婚をする予定だという。学生時代は私が一番モテたので、私が一番最後になるとは誰もが予想していなかっただろう。

「おまえは女に理想を求めすぎるんだ」

来年結婚するヨシオは、結婚が決まってからというもの、たびたび私に説教をする。

「いまどきカスミ草柄のワンピースと麦藁《むぎわら》帽子が似合って、海辺で追いかけっこをしてくれる女子などいない。そもそも麦藁帽子が似合う女って、冬はどうするんだ」

「冬は、ウサギの耳のついた白い帽子をかぶるんだ。そして少し大きめのピンクのコートから、赤くなった指先だけが出ているのが理想だ」

「おまえはアホか。そんな女子はいない。それに普通寒けりゃ手袋をするぞ」

ヨシオは心底呆《あき》れた顔をして私にビールを注《つ》いだ。


しかし私は出会ってしまったのである。私たちのバンドは高校生のころから活動をつづけており、それぞれが堅実なサラリーマンになったあとも、一年に一度、他のバンドと合同でライブをする。ほぼ自己満足である。十二月初旬、恒例のライブを終えたあと、私は楽屋でギターをケースに収めていた。知り合いがちらほらと顔を出す楽屋に、突如妖精のように、白いウサギの耳のついた帽子をかぶり、ピンク色のコートを纏《まと》った女の子が現れたのである。

「ギターのケンゴさんにお会いしたくて」

彼女は言った。ケンゴとは私の名前である。他の三人はポカンとした顔で彼女を見つめた。私が運命に震えながら入り口までギクシャクと歩いていくと、彼女は赤く染まった指先で口元を押さえ、「すばらしい演奏でした」と恥ずかしそうに言った。

「お大事さんが、キュンってなりました」

「……は？」

彼女は益々《ますます》恥ずかしそうに、今度は顔を覆った。私もつられて照れながら尋ね返す。

「お大事さんって？」

イヤーン、と身を捩《よじ》りながら彼女は私の耳元に口を寄せ、「アソコのことです」と小声で言った。私の全身は再び、雷に打たれたように震えた。なんと奥ゆかしい！　バジャイナというふてぶてしい響きに比べ、お大事さんとは、なんと奥ゆかしく可愛らしいのだ！

私は彼女の電話番号を聞きだし、早々に会う約束をした。

吉祥寺の駅前で、彼女はライブのときと同じく、ウサギの帽子をかぶり、ピンクのコートを身に纏い、頬と指先を赤く染めながら私を待っていた。もしかしてこの女の子は私の妄想の産物なのかもしれないと思う。しかしバンドメンバー全員が彼女のことを見ているので、幻ではないのだ。

食事をするために居酒屋に入る。気取った店よりも、こういう庶民的な居酒屋のほうが親密になれるだろうと思った。彼女はミチコと名乗った。地味な名前で恥ずかしいです、とはにかむ様子も可愛らしい。私がビールを頼むと、彼女はカシスソーダを頼んだ。そしてひたすらデザートばかりを食べている。ああなんと可愛らしい。

「甘くって美味《おい》しい」

ニコニコしながら言うミチコを見て、私もとても幸せな気持ちになった。そして「おまえが理想とするような女はいない」と決め付けたヨシオを罵倒する。いるじゃないか。ほら目の前に。イチゴアイスを幸せそうに小さな舌で舐めるウサギの帽子がいたじゃないか。

店を出たあと、彼女は躊躇《ためら》いながらも私の腕に手を回し、そっと手のひらを摑んだ。

「酔っ払っちゃった」

甘えた声に囁《ささや》かれ、私は生唾を飲み込む。

「お大事さんがジンジンするの……」

なんと奥ゆかしい誘い方なのか！　私は彼女の手を摑みなおすと、駅の東側へと早足で歩き始めた。私のお大事さんもジンジンどころか既にドクドクしてしまいそうだよ君！


ラブホテルのベッドにもつれ込み一時間も経たないうちに私は、先ほど罵倒したヨシオに頭の中で謝罪した。

ヨシオ、君は正しかった。カスミ草柄のワンピースと麦藁帽子が似合い、海辺で追いかけっこしてくれるような女はこの世にはいない。ウサギ帽子を好んでかぶるような女もいない。スイーツだけで生きている女なんていないのだ。

「ああケンゴさん、なんて可愛いケツマンコ」

ウサギ帽子は、その可愛らしい口からそんな聞くに堪えない言葉を吐いた。私は脚も手も首すらも動かせない四つんばい状態で、枕に顔を埋《うず》めたまま彼の前に尻の穴を晒《さら》している。

「み、ミチコちゃん、縄を解いてくれないか」

「嫌がっていてもチンコはこんなに勃起しているじゃありませんか」

ああ！　聞くに堪えない！　ていうか男なのにその声は反則だろ！

「私ケンゴさんみたいに頭の固そうな美男が好きなんです。もう堪《たま》らない。あのライブは運命だと思ったんです」

「ぼ、僕も運命だと思ったよ。でも君が男の子だとは思わなかったんだよ」

「運命に性別なんて関係ないじゃないですか！」

おおありだよ！　そう答えようとしたとたん、尻の穴に異物があたった。ひっと息を呑む私に、ミチコは優しい声で諭した。

「大丈夫、最初はみんな怖がるんです。でも大丈夫。ケツマンコは拡張できますから！」

そういう問題じゃないよ！

大丈夫じゃないよ!!

ていうかケツマンコって言うな！

あああああヒ――――――ッ!!

……確かに運命に性別はなかった。意外なことに私のうしろお大事さんはミチコの指にほぐされたあと、お大事さんを難なく受け入れた。そして私は今まで感じたことのないほどの快感を覚えてしまったのである。更に今まで唾棄《だき》してきた下品な言葉たちを、ミチコは私に強制的に言わせた。ケツとかマンコとかチンコとか。バジャイナよりもレベル的に遥かに劣るそれらの言葉たちを口に出せば出すほど私の快感は高まり、乱れてミチコも喜ぶ。

クリスマスイブ、私たちはまたデートをする。ホテルの部屋で、ミチコはリピートアフターミーと前置きし、「ファッキンメリークリトリス！」と私に言わせた。私の自我がガラガラと崩壊してゆく。

先日ヨシオには全て打ち明けた。ウサギ帽子が男だったこと。もしかして自分は男と性交したほうが気持ち良いのではないかということ。ヨシオは愕然とした顔で私の話を聞いていた。そして、言った。

「おまえ、始まったな」

私は自分的にこのことに関して「終わった」と思っていたので、始まったなと言われて驚いた。そして次に発された言葉に、もっと驚いた。

「すげえロックじゃねえか！　良いじゃねえか！　俺も結婚止《や》めるわ。俺実はケンゴのことずっと好きだったんだよね。だから今からホテル行こうぜ！」

「えー！」

というやり取りを経て、私はヨシオから逃げ、バンドは解散した。形あるものにはいつか終わりがくる。

恋人たちでにぎわう街から、ミチコは終電で家へ帰っていった。別れ際に私は尋ねる。

「家、どこだっけ?」

「カイシンマクハリ」

会心幕張?

……ああ、海浜マクハリ。

ミチコは手を振って改札を抜けてゆく。願わくば彼がそのうち女と付き合うようになって、子供ができたときに「ヒロミ」と名づけないように、私は尻を押さえながら祈った。

終わりと始まりのあいだの木曜日

柴崎友香

TOMOKA SHIBASAKI
73年大阪府生まれ。00年「きょうのできごと」でデビュー。同作は04年に行定勲監督により映画化。07年「その街の今は」で第57回芸術選奨文部科学大臣新人賞、第23回織田作之助賞など受賞。その他著書に『ドリーマーズ』(講談社刊)、『見とれていたい わたしのアイドルたち』(マガジンハウス刊)など。

半円形にせり出したリビングの大きな窓から、公園の桜の木が間近に迫って見えた。不動産屋の女が、そこだけ開けられるようになっている端の窓をスライドさせると、やっと風が入ってきた。

「この眺め、すごくないですか？　毎日いろんな部屋行きますけど、自分が住みたいのって久々ですよ。こんな物件、滅多に出ないし」

うわー、すごいねー、うわー、と亜矢子も未希も窓に頭をくっつけて感嘆の声を繰り返した。小さな公園は高台になっているようで、ふさふさした緑の葉の向こうにある二階建ての家たちの屋根は低く、見通しがよかった。

「エアコンはビルトインだし、１ＬＤＫでこの広さのキッチンって珍しいですよ」

不動産屋の女が、広いリビングの正面に位置するカウンターキッチンの扉を開け閉めするのを、亜矢子は振り返って見た。女は、二人と同じような年、三十になる少し前くらいに見えた。細い体に胸だけ大きい。

「すごいねえ。部屋から花見できるやん。わたし、毎日遊びに来るわ」

亜矢子が声をかけた。しかし、未希は、うん、と、ふーん、のあいだのような声を出し、視線をがらんとした空間にさまよわせた。一週間以内に部屋を決めなあかんねんけど、と未希は昨夜になって亜矢子に電話をかけてきた。めっちゃすぐやん、と亜矢子は自分のほうが焦ってしまったが、未希は、そやねえ、と他人事みたいに言った。朝一番に行った別の駅の不動産屋で三軒見たが芳しい成果はなく、この不動産屋でも最初の二軒は日が当たらなかったり狭かったり、邪魔なところに作りつけの棚があったりした。最初の三軒もそうだったが、条件の悪いものから見せるのが手法らしい。悪い点が普通になっただけで、かなりいい部屋に思える。不動産屋の女は、もう一つの部屋に入ってクローゼットを開け、収納もこれだけあれば十分すぎるくらいで、と次々に利点を挙げた。

「未希、見て、お風呂も広いで」

部屋を一周した亜矢子は、未希を呼んだ。台所で意味なく水栓を上げ下げして水を流していた未希は、ほんまやなあ、と言って今度はシャワーの栓をひねり、服の袖を濡らして自分で驚いていた。

駅の反対側の不動産屋へ向かって、二人はだらだらと続く商店街を歩いた。梅雨明け間際の蒸し暑さが、道程を遠く感じさせた。

「ないと思う？　あれよりいいの」

途中の肉屋で買ったコロッケをかじりながら、未希が聞いた。未希が他の部屋もまだ見るからと言うと、不動産屋の女は大げさに驚き、なんで、どこがだめなんですか、と繰り返した。コロッケを食べ終えた亜矢子は、少し疲れた未希の横顔を見ながら言った。

「ああいうゴージャス系は、ないかもなあ」

平日の昼下がりの商店街は、おばちゃんからおばあちゃんまでの年齢の人が買い物したものを提げて歩いていた。それぞれの袋の中に、今日の晩ごはんが入っている。

「逃したかな」

と未希は笑って亜矢子の顔を見た。部屋を決めるのも面倒だろうけれど、それ以上に二年いっしょに暮らした男の部屋から荷物を運んで別れの挨拶を未希がする場面を想像すると、亜矢子は男に腹が立った。男は亜矢子の高校からの友人だった。

「部屋選ぶのも男選ぶのもいっしょ、って、引っ越し魔の友だちが言うててんけど」

亜矢子は、声を一段大きくして言った。

「いいのはすぐ決めないと次はもうないとか、変わったのより普通のがいちばんとか」

あはは、と未希が笑ったので、亜矢子は少し安心した。

「いろいろ見過ぎると選ばれへんようになる、っていうのも言うてたなあ」

角で新しくできた焼肉店のチラシを渡そうとする若い男を、二人はよけて歩いた。

「男に喩《たと》えるんやったら」

未希は食べ終わったコロッケの包み紙を握りつぶして鞄に入れた。

「男前の社長がベンツ乗ってきた、みたいな感じやったやん、さっきの部屋」

未希の眉間に寄った皺《しわ》を見て、亜矢子は笑った。

「あの部屋であの値段は、なんかあるんやで」

「あの窓、網戸付けられへんし。わたし、蚊ぁにめっちゃ咬まれるねん」

「公園にヤンキーが溜まるかもしれんし」

と、二人は難点を挙げ合った。電車が到着したばかりの駅から、期末テストが終わった高校生たちがぞろぞろ出てきた。


駅の北側の不動産屋の担当は、まだ学生みたいな男の子だった。よくしゃべって気がよさそうに見えた。一軒目に見に行ったアパートの鍵が管理人に言われた隠し場所になく、汗だくになりながらメーターボックスやポストを探し回ったが結局見つからなくて、次の部屋に着くまでひたすら謝っていた。鍵ってああいうところに置いてあるもんなんやな、と亜矢子は、三年前に部屋探しをしたときにも同じことを思ったのを思いだした。

　二軒目は駅から国道へ抜ける道に面していて、一階がコンビニエンスストアの建物の三階だった。最上階に住んでいるらしい大家が遅いエレベーターで降りてきた。台所に六畳間が二つで、広さは条件に適っていたが、築年数の割に古くさく床も壁も薄汚れていて、隣のビルの三階が真正面に迫る窓は開けられそうになかったし、車の音もうるさかった。

「広いでしょ。便利やしねえ、窓閉めたら車も気になれへんから」

　と言いながら、七十歳前後の眉間や額の皺で険しく見える顔立ちの女の大家は窓を閉めたが、車の音はよく聞こえた。

「押し入れ、両方にあるから収納たっぷりですねえ」

　不動産屋の男の子が、精一杯の笑顔を作って押し入れの襖を開け閉めした。そんな大きいの二つはいらないし、洋室に押し入れはちぐはぐだと、未希も亜矢子も思った。

「まあ、女の人やったらね、家賃払われへんやろねえ」

中途半端な愛想笑いをしながら、大家が言い出した。

「男の人やったらええけど、女の人には無理でしょ。ええ値段するから。あんたみたいな若い女の人はねえ」

未希が今にも悪態をつきそうな目で大家を睨《にら》んだのを見て、亜矢子はちょっとうれしくなった。

不動産屋の男の子が車を回してくるあいだに、ええ値段言うほどのもんちゃうやろ、それぐらい払えるっちゅうねん、あの部屋には払う価値ないけどな、と二人は言い立てた。未希はテレビやラジオの構成作家をしていて、それなりの収入はあったし仕事場兼用でもあるから広めの部屋を探していた。二人が車に乗り込むと、不動産屋の男の子はまた謝った。

車で再び駅の反対側に戻った。細い道を進むと、生け垣に囲まれた広い敷地の家の裏手に三階建てのこぢんまりしたマンションがあって、その三階の二軒のうちの東側が、空き部屋だった。まだたよりないハナミズキが植えられた入り口の前で、一階に住む大家の娘が三歳ぐらいの男の子を遊ばせていた。不動産屋とは顔見知りのようで、また大きくなりましたねえ、やんちゃやから怪我ばっかりで、と言葉を交わしていた。そのうしろで未希と亜矢子は、ここならいいかもしれない、と思った。

「へえー。いいですねえ」

玄関を入るなり、未希が言った。正面の大きな窓からは向かいの家の広い庭が見渡せた。

「収納も一人暮らしやったらじゅうぶんですし、お風呂とトイレも広めなんですよね、ここ」

不動産屋が次々と開けて回るドアを覗くたび、未希は今までと違う明るい声で、いいですねえ、いいかもですねえ、と繰り返した。六畳のＤＫに六畳の洋室で今日行った部屋の中では狭いほうだったが、シンプルな間取りで窓が大きいせいか、広々として見えた。それに、どの部屋にも必ずあった、デザインに凝りすぎて使いにくいキッチンだとか動線を邪魔する位置にある収納棚だとか、なぜだかわからないけれど陰気などという難点がなにもなく、要するにやっと普通の部屋だった。

「こっちに机置いて、向こうがベッドで。液晶テレビはわたしがもらうから、ここに置いたらちょうどええやん」

未希が部屋を歩き回って言うのを聞いていると、亜矢子も自分がもし住むんだったら、と家具の配置を想像してみた。

「駅までは自転車やったら五分ぐらいですよね？　家賃て来月からにできます？」

未希は不動産屋に具体的な事項を確認し始めた。

亜矢子は掃き出し窓を開けて、ベランダへ出た。正面の広い庭に並ぶ、亜矢子には名前のわからない木々は、植木屋に整えられたばかりだった。その向こうには誰かが住んでいる家やマンションが、揃わない高さでしばらく続いていた。

バンドTシャツと日差しと水分の日

津村記久子

KIKUKO TSUMURA
78年大阪府生まれ。05年「マンイーター」（単行本化にあたり、「君は永遠にそいつらより若い」〈筑摩書房刊〉に改題）で第21回太宰治賞を受賞しデビュー。08年「ミュージック・ブレス・ユー!!」（角川書店刊）で第30回野間文芸新人賞を受賞。09年「ポトスライムの舟」で第140回芥川賞受賞。著書に『八番筋カウンシル』（朝日新聞出版刊）。

年に一度の、アーティストTシャツを大量に見る日だった。駅で前を歩いていて、違う車両に乗り込んでいった、一人で歩いていた硬い表情の女の子は、小谷美紗子のツアーTシャツを着ていた。あの子はかわいいのを着ているね、と利代子が隠して指差すと、カンナが教えてくれたのだった。そのカンナは、バッド・レリジョンのシャツを着ている。すでに首にタオルを巻いていて、座席から身を乗り出すようにして脛《すね》に日焼け止めを塗っている。駅で会ってからカンナは、暑い、ともう百回は言ったに違いない。まだ会場についてもいないのに。利代子は、エルレガーデンのTシャツを着てきた。去年会場で買ったもので、もうこういうの着る年じゃないかも、と言いつつ、一枚持ってると便利よ、というカンナの言葉に負けて買ってしまった。

「今年はどのバンドのシャツが多いんかなあ」

「どうしてもＮＯＦＸとファット・レコーズのシャツに目が行くんやけど」

自分たちのことはさておいて、アーティストＴシャツは着ている主の思想を表している、と利代子とカンナは言い合っていた。どのバンドが好きか、ということは、単なる趣味嗜好ではなく、人生観そのものを表現しているとよく思うのだが、だからといってＮＯＦＸのシャツを着ている男の子が何を考えているか言い当てられる自信はない。

あの子も行くんかなあ、といつの間にか日焼け止めを塗り終わっていたカンナが、声をひそめて、斜め前の銀縁の眼鏡をかけた男の子の方に首を傾ける。坊主頭でひどく瘦せたその男の子は、青と黒のストライプのサッカーユニフォームを着て、うとうとと頭を揺らしている。セリエＡのインテルのユニフォームだった。フェスにはサッカーのユニフォームの人もたくさんいる。

「あの子、マテラッツィのを着てた」

目敏《めざと》いカンナのチェックが入ると、二人は一呼吸置いて男の子を少しの間眺め、小さく笑った。微笑ましい、と思った。

そうだ、この日の朝だけは、大抵のことが微笑ましく思えるのだ。駅に急ぐ途中に見た、道端の吐瀉《としゃ》物にさえ、理解を示しそうになってしまう。その気持ちはだんだん、日差しの下のステージの間をうろうろと歩き回るうちにすさんでゆき、バンドを見ながら隣に座っている男の子が彼女にふかす知ったかぶりにさえいちいち苛立ち、しかし夜にもなると疲れ切って、まあでもやっぱりいい日だった、とだらだら言い合って帰途に着くのだ。

カンナと二人でフェスに行き始めて三年目になる。大学の時はもっと大人数だった。イベントごとの好きな女の子がゼミにいて、彼女がいろいろ取り仕切って、男女取り混ぜたグループでバンドを見に行っていた。カンナもその中にいたが、どうも窮屈そうにしていて、そのグループでフェスに行った最後の年には、バンドについての否定的なことを得意げに語る男とやりあったのだった。このバンドならあの時のあの場所でのあれがよかった、こんな形で見たって駄目、などと女の子たちを前に得意げに彼が言うのに対し、カンナは、そういうことを言って感心してもらうために君は数万払ったのかね、張り込んだね、と反駁《はんばく》してその場を凍りつかせた。

あれは悪かったと思っている、とカンナは、まったくそんなふうに思っていないような軽い口調で述懐する。グループ内でそういう内紛があったこともあるのか、社会人になってからは、大学の時のゼミの人々と一緒にではなく、利代子とカンナの二人でバンドを見に回っている。今でもときどき、バンドを見に行っているのか、それを見ている人を見に行っているのかわからなくなる時がある。ピンポイントで二人の趣味の一致するバンドのTシャツを着ている人についていっていたことがあるし、隣の女の子たちの話に勝手に相槌を打っていたりする。

大学の時はともかくとして、社会人になっての貴重なお盆をそれで潰すんだ、すごいねえ。利代子と三か月前に別れた男の人は、そう言って笑った。他意はなかっただろう。冬に海にドライブに連れて行ってもらった時に、話題に困ってその話をした。男の人は興味がなさそうにうなずくばかりで、自分ばかり話をしている、と利代子は思った。

日が落ちる頃にはくたくたになっている。砂嵐のひどい会場で、友達が唾を吐いたら砂が混じっていた。それを笑う気力もなかった。バンドが出てくるのを待っている間、後ろの、自分たちより幾分か若い男の子たちが話すのを聞いていて、自分が高校生の時にちょっと好きだったバンドが二年前に解散したと知った。本当に、少しの間ひどく聴いたというそれだけだったのに、涙が出てきて、手のひらで拭ったら、そこにも砂が入っていた。友達は、来日を中止したバンドのキャンセルの理由が、そのバンドの中心人物が過去に患った病気にあるのではないかと気にし続けていて、単独で来た時に行けばよかった、とぶつぶつ言っていた。次のバンドはもう後ろで見よう、このまま座って見よう、と言い合っているうちに、バンドがステージに出てきて、友達は、後ろで見ようと言い出したというのに、よろよろと立ち上がって、しまいには小走りになって前の方へ行ってしまった。

利代子の話をひととおり聞いたあと、男の人は、日傘は持って行かないの？　と言った。持って行きません、と利代子は答えた。そりゃ大変だ、と男の人は笑った。他の日は持ってますよ、と言いかけてやめた。この人に言ってどうすると思ったのだ。

高校野球が始まった、と帽子を顔の上に載せてあくびをしていたカンナが、突然言い出した。失業してるからさ、毎日見れるねん、とカンナは帽子を外して伸びをした。

「なんかなあ、かっこいいよな、ああいう子たちは。野球とか、なんかスポーツしとけばよかったわーとつくづく思う」

そんなことは今までに一度も言ったことはないのに、二十代も半ばを少し過ぎて、カンナのものの考え方も変わりつつあるのだろうか、と利代子は少し驚く。

「十代の時に音楽ばっかり聴いてたことを後悔してる？」

「そうやなあ、スポーツやりながら聴いてる子もおることを考えるとなあ」カンナは、腹の上で手を組んでにやっと笑う。「でもまあ、悪くはなかったと思う。今んなって高校野球の子がすごいかっこいいなあとか思うのって、もうバンドとかに対してそう思わんようになったからさ」

なんていうか、もう空気みたいになってる、新手のかっこいいバンドの男の子が出てきたら、すぐに、あ、髪型のせいか、とか判断できるようになってさ。ああそれは空気とは違うか。

べつだん寂しそうでもなく、カンナは笑う。あまりに生活に溶け込みすぎていて、もう特別なものですらなくなってしまう、という感覚は、利代子にもよくわかる。

「なあなあ、あの子はどうなんかなあ、押し合いへしあいしながら、突然泣き出したりするんかなあ」

カンナは、前に座っているインテルのユニフォームを着た男の子のほうに首を傾けながら言う。男の子の体が、ひときわ大きく前に揺れて、はっと起き上がる。二人は笑ってしまう。利代子は、初めてゼミの人たちと行ったフェスで見た、ステレオフォニックスの「ローカル・ボーイ・イン・ザ・フォトグラフ」のイントロが鳴り始めた途端に、もう駄目だ、この曲好きすぎだ、とくずおれてうずくまってしまった全然知らない男の子のことを思い出した。鉄道自殺について歌っている曲だ。利代子自身は、その曲のことは好きでも嫌いでもなかったのだが、それでも彼について忘れたことがなかった。利代子がその話をすると、カンナは、自分はエヴァネッセンスのエイミー・リーを微動だにせずに見ていた女の子を見たことを思い出す、と語る。呼吸もまばたきも忘れてしまったようだった、と。

いつまでああいう場に居合わせることを幸福だと思えるんだろうと思う。車内にアナウンスが流れ、乗り換えの駅が見えてくる。あんたは何歳までフェスに行くの？　とふとカンナに訊くと、ええ？　と聞き返し、ちょっと考えさせて、と笑った。インテルの男の子は、待ち切れないように自動ドアの傍らに歩み寄り、厳粛な面持ちで電車がホームに接岸する様子を見守っていた。

「七十歳までかなあ」

ドアが開くと、二人は立ち上がる。男の子が、人のまばらなホームに飛び出し、階段を駆け上がっていく。じゃあ、わたしは六十七歳まで、と利代子は答えた。同じ車両からも、別の車両からも、バンドTシャツを着た人々が出てきて、男の子が走っていった階段の方を目指す。一年でいちばん疲れる日々は、まだ始まったばかりだった。

おしるこ

中島たい子

TAIKO NAKAJIMA
69年東京都生まれ。04年「漢方小説」で第28回すばる文学賞受賞、05年同作が第132回芥川賞候補に、同年「この人と結婚するかも」が第133回芥川賞候補となる。その他の著書に『建てて、いい?』(講談社刊)、『結婚小説』(集英社刊)などがある。

四十九日が済んでから二度目の月の命日を迎え、夫の墓に花を手向けてきた秋子は、墓地の門を出ると足を止めた。目の前には屋根付きのバス停があるが、待っている人の姿はない。少し離れたところに、空車のサインを出したタクシーが止まっている。運転手と目があい、秋子は慌ててそっぽを向いた。

いずれは秋子も骨を埋めることになるこの墓地は、駅からバスで二十分という不便な場所にある。とはいえ秋子の家からだと、最寄りの駅から三つ目の駅なので遠くはないから、こうやって月命日には参っている。

タクシーから視線を逸らした秋子は、門の斜《はす》向かいにある喫茶店に目をやった。場所に似合わず古びた店ではない。昨日開店したかのように壁もドアも染み一つなく、落ち着いた作りの和風カフェという感じだ。入口の横には一応小さなショーケースのようなものがあるが、置かれているのはろう細工のサンプルなどではなく、有田焼のコーヒーカップが一つと、メニューだけ。そのカップの中には黒々と炒られたコーヒー豆が入っている。ここからそれが見えるわけはないのだけれど、その先にある石屋でいつも花を買うので、前を通る度に目に入るから知っている。

『おしるこ』

ショーケースの上に貼られた紙の文字は、秋子の立ってる場所からでも読めた。いや、あの文字も何度も見ているから、見えてなくても読めるのかもしれない。目を細め、瞬《まばた》きをする。実際はかなりぼやけている。考えたら自分も歳なのだ。家が近いからといって、夫が七十に届かず早く逝ったからといって、このままずっと、毎月の命日に墓に来なければいけないということはない。では、いつからそれをやめよう？　来月から？　年内はとりあえず来るべき？

あの喫茶店に入って、それを考えよう。秋子は自分が微笑《ほほえ》んでいるのがわかった。ずっと気になっていたあの喫茶店に入る決断を、一人で下したことが嬉しかった。こちらをまだ見ているタクシーの運転手に、ぷいと背を向けて、秋子は小走りに道を渡った。

店内は予想以上に広々としていた。納骨に来たと思われる喪服の中年女性が三人、テーブル席で顔を寄せて小声で話している。客はそれだけだった。額の髪が後退している店主らしき男が「いらっしゃいませ」と抑揚のない声で言って、秋子はカウンター席に座った。店内も外観と同じように新しい感じがした。けれど秋子が知る限り、店が出来てから少なくとも数年は経っている。このすっきりした感じは、新しいというのとは違うかもしれない。どこかで見たことがあると秋子は思い、それが葬儀場の控え室や、火葬場の待合室、墓地の中にある共同施設などと、よく似た雰囲気であることに、今さら気づいた。死を扱う場所なだけに隅々まで清潔にしているけれど、必要以上に物はなく、どこか寒々としている空間。この喫茶店も「死」の延長線上にあるのだと思うと、秋子は少しがっかりした。墓地の門前にあるのだから、しかたがないか。カウンターの上に置いてあるメニューを取った。おしるこは七百八十円。

この喫茶店に入ってみないかと、一度だけ夫を誘ったことがある。夫の兼一は無言で秋子を見返した。なぜ、こんなところの店に入る必要がある？　その顔は言っていた。

「いや、帰ろう」

兼一は呟《つぶや》いて、バス停から動こうとはしなかった。墓の掃除と草むしりで疲れきっていて一休みしたいのに、夫が察してくれないことに秋子は強い憤りを感じた。帰る間中、兼一の欠点を思いつくだけ引っぱり出してリストアップし、家に戻ったら本気で離婚を切り出そうと決意を固めたとき、地元の駅に着いた。

「じゃあ、ここで入ってこう」

駅前のコージーコーナーを夫が指差し、秋子は怒りを少しおさめて、離婚の話はまたにしようと、大きなパフェを頼んだのだった。兼一もコーヒーのスプーンでそれをつついては、眼鏡の奥の小さな目で、物思いに宙を見つめていた。

涙がわっとこみあげてきて、秋子はバッグからガーゼのハンカチを出すと、目頭をおさえた。やっぱり、毎月命日には来よう。自分と同じように兼一も墓の下で寂しく思っているに違いない。涙を拭いて息をつき、顔を上げる。店主はネルドリップのネルを取り替える作業にかかっていて、秋子の涙には気づいていないようだ。喪服の客たちも、声のトーンを変えずにしゃべり続けている。秋子はメニューに目を戻した。なんでこんな店に入ってしまったのだろうと、後悔した。やはり兼一は正しかった。彼はいつだって正しいのだ。作業を終えた店主がようやくお冷《ひや》を持ってきて、秋子の前に置いた。

「おしるこ、ください」

秋子の注文に店主は小さくうなずいて、店の奥にあるらしい厨房に入って行った。

兼一は正しかった。正しすぎて、真面目すぎて、そういう性格だからストレスがたまって病気になったと、親族や近しい人間の誰もがどこかで思っている。今の世の中で正しさを貫けば、それだけ身を削ってしまうのだ。

秋子がぼんやり相続の手続きのことなど考えていると、店主が小さなお盆におしるこの椀をのせて出てきた。御膳《ごぜん》じるこで、こんがり焼き目のついた餅が入っていた。

「お参りですか？」

箸を取った秋子は、驚いて店主を見上げた。

「はい。三ヶ月前に主人がこちらに」

「ご命日で？」

ええ、と秋子はうなずいた。また涙がこみあげてきて、鼻がつんとした。

「毎月来てるんです、命日に」

「ご主人は喜んでらっしゃるでしょう」

「いいえ、家が近いものですから」

店主は静かにうなずいて、どうぞごゆっくり、と厨房に戻って行った。秋子はその背中を見送って、悪い店じゃないと考えを改めた。おしるこはもうちょっと濃くてもいい気がしたが、お餅はおいしかった。帰りに切り餅を買って帰ろう。兼一はもたれると言ってお餅が好きではなかった。お好み焼きに入れると食べてしまうくせに……。兼一は本当に正しかったのだろうか？　秋子は箸を止めた。この店だって入ってみればよかったのだ。変なところにある店でも入ってみれば、世界が広がったはず。もっと心に余裕を持って何でも受け入れていれば、長生きできたのではないだろうか。世の中が彼を受け入れなかったのではなく、閉ざしていたのは彼の方だったのだ。秋子は、おしるこに付いてきた小さな湯のみのお茶を啜《すす》った。今になって気づいてもしょうがない。もう彼は亡くなったのだから。

「私の方が絶対に先だと思ったんだけど」

喪服の女性が言うのが聞こえた。もし、と秋子は思った。もし自分が先に逝っていたら、兼一は、毎月命日に来ただろうか。私が入りたがっていたこの喫茶店に一人で入ってみるなんてことをしただろうか？

「そろそろバスが来るわよ」

喪服の三人が身支度を始めた。秋子もおしるこを食べ終わっていたので、彼女たちと一緒に出ることにした。レジの順番を待ちながら秋子は、色々考えることができて、この喫茶店に入って良かったと心から思った。

「おしるこですね。千円になります」

店主に言われ、秋子は自分の耳を疑った。

「七百八十円、じゃなかった？」

「そのお値段は、他にお飲み物を頼んだ場合のお値段になります」

せ、千円!? おしるこが？ あんな薄いおしるこが？ 秋子は店主の顔をまじまじと見たが、彼は表情を変えず、先ほどと同じように静かにうなずいた。


バスに揺られながら秋子は、悔しくて腹だたしくて、しょうがなかった。あんな店に入るんじゃなかったと心底後悔していた。怒りのやり場がなく、娘に携帯で『聞いてよ、おしるこが千円だって！』とメールを送った。

けれど、あの店に入らなかった兼一が正しいとも、今は思わなかった。夫は、あの店に限らず、知らない店には基本的に入らない男《ひと》だった。それは結婚する前から知っていたことだ。彼は彼なりに人生を楽しんでいたし、死んだからといって「可哀相な人」や「いい人」にする必要もない。私が先に死んでもあの喫茶店には入らず、霊前にコージーコーナーの百円のシュークリームを供えるぐらいだろう。私も墓地には来たいときだけ来ればいい。墓に供える花代だって、その度に二千円近く出していたら馬鹿にならない。最近ちょっと甘くなっていたから明日からは財布のひもを締めよう。秋子がそのように気持ちを締めくくる頃には、ちょうど地元の駅に着いていた。携帯を見ると娘から返信が来ていた。

『通常のお母さんにもどったね』

とっぴんぱらりのぷう

朝倉かすみ

KASUMI ASAKURA
北海道生まれ。03年「コマドリさんのこと」で第37回北海道新聞文学賞を受賞。04年「肝、焼ける」で第72回小説現代新人賞を受賞。その他著書に『エンジョイしなけりゃ意味ないね』（小社刊）、『ぜんぜんたいへんじゃないです。』（朝日新聞出版刊）、『感応連鎖』（講談社刊）など。

塚本つばさは、あと少しで十二歳になる。学年でいえば小六だ。背はクラスの女子のなかでも真んなかあたりで、体重もそのようなものだった。好きなたべものは、焼肉でいうと内臓系だ。ミノもセンマイもコブクロもなんでもござれだ。誕生日には焼肉屋さんに連れていってもらえることになっていた。動けなくなるまでたべようと意気込んでいる。

家族構成は両親のほかに七歳の妹がひとりと猫が一匹。猫の名前はエツコという。つばさが命名した。祖母と同じ名前にしたのだった。なぜかというと、二年前のお盆に、祖父の法事があって、そのときやってきた祖母のいとこのモモさんというひとが、祖母のことをえっちゃんと呼んでいて、それがたいへん可愛らしく聞こえたからだ。もらってきた子猫がめすだったので、ちょうどよかった。だから、つばさは、猫をえっちゃんと呼んでいる。毎晩、えっちゃんと一緒に寝る。

つばさのひそかな趣味は一般的に妄想といわれるものだった。それは、たとえば、エジプトの女王になって、からだにぴったりとしたドレスを身につけ、へびの模様がついた輪っかみたいなのをおかっぱ頭に載せて、民に手を振ったらどうだろう、というたぐいのやつだ。ばかばかしいし幼稚なのは分かっているが、なにげにやめられない。

眠りにつく前の小一時間を妄想にあてている。終了の合図は、とっぴんぱらりのぷう、である。

とっぴんぱらりのぷう、はどこかの地方での昔話の締めの言葉だ。めでたしめでたしと同じようなものらしい。

つばさがその言葉を知ったのはずいぶん前だった。いつだったかは、もう覚えていない。でも、その言葉を唱えると、めでたしめでたしよりも軽やかにひと区切りがつく感じがして、朗らかな気分になる。後転をしたあとみたいだ。さかさまだった景色がぐるんと回ってもとに戻る。おっちょこちょいっぽい語感もよいと思う。北風小僧かなにかが、あー面白かった、じゃーねー、ばいばーいといって、ぴゅうっと立ち去る感じがする。

夜の十時。つばさは自分の部屋でぼんやりしていた。椅子に腰かけ、机に向かっている。机の上にはえっちゃんが前足をそろえて、置物みたいに座っていた。喉をなでたら、首を突き出すようにして、みどり色の目を細めた。

つばさは、おとといか、さきおとといに覗いた占いサイトを思い出していた。名前と性別と生まれ年を入力すると、天国にいった自分からいまの自分へのことづてが読めるというのだ。

それによると、つばさは二〇七七年、天に召されたようだった。八十一歳のつばさから、もうすぐ十二歳になるつばさへの伝言は大した内容ではなかった。二〇一八年の夏に、あるヒットソングがきっかけでパリへ引っ越しすることになり、それが人生の分岐点となるらしいのだが、どうせなら、もっと具体的な予言かアドバイスがよかった。

とくに今夜だ。二〇〇八年十二月四日のつばさに、八十一歳のつばさから、なにかひとことといってもらいたかった。たとえば、こんなふうに。

二〇〇八年のつばさへ。

十二月四日はあんまり元気じゃなかったですね。

よく覚えていますよ。

あの日は、朝からお腹がじんわり痛くて、おまけに重くて、いやな感じでした。学校から帰ってきて、おトイレに行ったら、パンツに茶色いのがついていたので、焦りました。一瞬下痢かな、と思ったけど、でも、そうじゃないのは、すぐに直感で分かって、そしたら、どきどきしてきました。やけに太いどきどきが、胸から頭へまっすぐに昇っていって顔がほてった気がしたものです。噂には聞いていたけど、生理がきたのは初めてでしたからね。

おかあさんに報告したときのことは、いま思い出しても恥ずかしくてたまりません。生理になったかもしれない、と口にするのでさえ相当恥ずかしいのに、生理をせいいいと噛んでしまったので尚更でした。おかあさんは、大丈夫、女の子ならいつかはみんな通る道なんだから、というようなことをにっこり笑っていいましたよね。なんだか慰められた感じがして、でもどうして慰められなきゃならないのか分からなくて、上手にうなずくことができませんでした。ハァ、と間の抜けた声で受け答えをして、爪を弾いていましたっけ。

おかあさんはタンスからピンク色の新しいパンツ（サニタリーショーツ）を出してきて、手当の仕方を教えてくれました。サニタリーショーツは、またの部分からお尻にかけてビニールみたいな布が貼りつけてあって、構造としてはおむつカバーに近いと思いました。おかあさんがナプキンをあてがってみせると、完全におむつ状態になりました。ありえないし、といったら、ちょっと怒られましたよね。

おトイレで穿《は》き替えて、ナプキンを装着しようとしたら、微妙に斜めになったりよじれたりするので、何度かやり直すはめになりました。ナプキンの裏には粘着テープがついていて、やり直すためにいちいちはがさなければならず、すると、サニタリーショーツのまたの部分のビニールっぽい布がいちいち浮き上がって、そのうえ音も立ちました。その音は、ふつうおトイレから漏れ出る音とは質がちがっていて、なにかこう特殊工作をやっているひとのような気分になりました。ああ、そうだ。最初にナプキンの粘着テープを保護する薄い紙を取ったとき、その薄い紙が指にくっついて離れなくて、ちょっと苛々しましたっけねえ。

その後、よごれたパンツの洗濯法をおかあさんから教わりました。すぐに冷たい水で洗うとよいそうですから、これは忘れないで実行しましょう。時間がたったら、つけおき洗い。

ナプキンをつけていると、歩き方がしとやかになる感じがしました。落っことしてしまいそうな気がして、つい内股になります。この感覚は体温計を脇に挟んだときに似ていて、ナプキンは挟んでいるのでも、挟まっているのでもないのですが、でもそんな感じがして仕方ありませんでした。

こつをのみこむまでは、一時間おきくらいに取り替えに行ったほうがいいとおかあさんがいうので、ナプキンを取り替えるためだけにおトイレに行くと、茶色ではなく、赤いのが出現していました。それは見たところ、血そのもので、生理の実体はけっきょく血なんだと発見した気分になりました。これから、毎月、血が抜けていくのかもしれない、というたぶん「事実」も発見してしまいました。でも、ほんとうに、毎月、毎月、毎月なのだろうか。で、それっていつまで？　とうっすらとした疑問が脳りをかすめましたが、とりあえずは、肉をたくさんたべて栄養を補給しないと、と考えました。でも、ホルモンをたべるのは、いまはちょっと無理だという気がしました。

なんとなくですが、ともぐいになると思えたからです。誕生日はしあさってで、せっかく焼肉屋さんに行く予定なのに、大好きなミノもセンマイもコブクロもたべられないかもしれません。そうして、その前日、ということはあさって、市内の小学校対抗で相撲大会もある。体格はふつうサイズなのに、なまじ運動神経がいいばっかりに学年代表の五人のうちのひとりに選ばれてしまったのが運のつきだと泣きたくなりましたよね。

　だって、体操着の上からだけど、まわしを締めるから、そのあいだはナプキンを取り替えることができません。なぜ生理なのに相撲を取らなければならないのか、と思われてなりませんでした。なぜ相撲大会の前の前の日に生理になってしまったのか。

　お腹は重くて痛いままだし、このいやな感じがいつまでつづくのか、はかり知れないし、これでホルモンを思いっきりたべられなかったら最悪です。おかあさんは大丈夫といったけど、いったいどこが大丈夫なんだかぜんぜん分からない、いいことなんてなんにもない、となんとなく絶望しているけど、つばさ。けっこう大丈夫です。おかあさんも、おばあちゃんも、おばあちゃんのいとこのモモさんも、エジプトの女王も、えっちゃんも、じつは生理を乗り越えて生きているのです。いさましく生理とたたかい、打ち負かしてきたのです。つばさだってできるはず。二〇七七年のつばさがいっているのだから、間違いありません。心配なんていりませんよ。

いいから、今夜は早く寝なさい。おかあさんもそういっていたでしょう？　病気じゃないけど、大事にしなさいって。とっぴんぱらりのぷう。

その男と私

藤谷治

OSAMU FUJITANI

63年東京都生まれ。下北沢の書店「フィクショネス」の店主。03年『アンダンテ・モッツァレラ・チーズ』（小学館刊）でデビュー。08年『いつか棺桶はやってくる』（小学館刊）が第21回三島由紀夫賞候補に。その他著書に、『遠い響き』（毎日新聞社刊）、『船に乗れ！』〈I〉〈II〉〈III〉（ジャイブ刊）などがある。

石垣島の空は静まり返っていた。

その男がこの島へ到着したときには、台風はまだ去りきっておらず、空港を出ると糠雨《ぬかあめ》が島全体を覆っていた。早朝の便に乗ったので、着いてもまだ朝の九時過ぎだった。バスで港へ出たが、よそ者の入れるような店はどこも閉まっていて、予約していた宿へ行くのすら憚《はばか》られるようだった。濡れるに任せて知らない道を歩き、沖縄蕎麦《そば》の店に入って、空腹でもないのにソーキ蕎麦を食べながら、宿に入れそうな時間になるのを待った。空気の乾いた、呑気な南の島を思い描いていたその男は、それだけでもう、東京へ帰りたくなった。

十時過ぎに宿へ入ると男は、再来週には妻になる女へ電話をかけた。

「着いたよ」

それだけいった。

「そう」

女はぼんやりと答えた。それから、やはり黙ってはいられないといった口調で、

「どうして行っちゃったの？」

と、それでもできるだけ可愛らしく聞こえるよう、静かに尋ねた。

「どうしてだか、判らない」

そう答えるのがやっとだった。そして最も正直だった。

独身最後の一人旅だよ、バチェラー・パーティなんかするより、よっぽどましだろう？　そんな言い訳をするほうが、容易でもあり、女もおだやかでいられるはずだった。前もって旅立つとことわってはいたものの、心のどこをどう探っても、愛しているとしかいいようのない女の枕元を抜けて、こそ泥のように夜の明けきらない街の電車に乗り、小さな飛行機の片隅に身をうずめ、石垣島などに来たのか、その男には本当に判らないのだった。実際、その日はやみかけの霧雨といやらしい湿気に外出をはばまれて、終日宿のベッドで読みさしの小説を読み続けるばかりで、ようよう空気の乾いた夜に、観光客の騒ぐ居酒屋で食った不思議な名の魚の脂こい

味だけが、わずかに旅の気配だった。新婚や学生カップルが旅先で発する淫らな陽気さに耐え切れず、宿に戻ったものの、酒の入った頭では読書もままならず、ふたたびあてどなく通りをぶらついて、たまさか見つけたスナックに入り、八重泉を呑みながら、女の子にトランプ占いをして、やっとのことで一日を終えた。

翌日は美しく晴れた。その男は小説本を持って、白保の浜へ出かけた。港から白保まで、おそろしくゆっくりとしか走ろうとしないバスに揺られながら、男は、旅に出たのが判らないのではない、判っているが恥ずかしくて、人にも自分にもいえないでいるのだ、と思い至った。男は小説が書きたくて遠くへ来たのだった。石垣島の小説を書きたいというのではなかった。行き先はどこでもよかった。ただ生命のみなぎる、人のうるさくない、できれば居心地のいいところをと考え、思いついたのがここだった。

ここがあたたかい南の田舎であることは、その男にとってとりわけ大切だった。

バスに揺られながら膝の上に両手で握り締めている小説、昨夜も読み、その幾日も前から読み続けているその小説が、世間から隔絶された南の村を描いたものだったからだ。男はこの数ヶ月、ほかのものは一切読んでいなかった。南米の貧しいその小説家が、祖母から聞いた話をもとに五年を割いて書いたというその長大な小説の頁《ページ》を、男はめくり続け、終わりまで来ると黙ってまた最初の頁から読み始めることを、何度も何度も繰り返していた。小口は黒ずみ、表紙の印刷は隅から剝げてきていた。その小説が何かを呼びかけていることに気がついたとき、男はその声にだけ耳を澄ますために、知る人のいない、ほかに誰も呼びかけてこない土地へ、旅することに決めたのだった。

この世に素晴らしい小説があまたあることを、その男はもちろん知っていた。過去に書かれた偉大な小説だけでも、生涯読みきれないほどある。そのうえ今は、評判の作品、作者渾身の作品が、毎月毎週のように新刊としてあらわれている。これほど傑作名作が氾濫し、日々新しい紙に印刷されているのは、環境保護の観点から見て問題があると思えるほどだ。

そんな中に分け入って小説を書くのであるなら、それは「新しい文学」でなければならない、とその男は考えた。現代に照応するのでは足りない。時代をリードし、新時代を創出し、そこから次代が追随してくるような、まったく新しい文学でなければ、書く値打ちはない。それは異論の余地のない、絶対的な結論だった。

しかしその男の中に「新しい文学」はなかった。逆さに振っても「新しい文学」の片鱗《へんりん》すら、落ちてくる見込みはなかった。それが一体どんなものなのか、霞の向こうに影を見ることもできなかった。そのために男は自分で自分を勝手に追い詰め、はたから見れば仕事も恋人もある平穏無事な境遇にありながら、腹の中に陰惨なものを抱えて暮らしていたのである。

学校前のバス停で降り、白保の浜へ向かう集落の長い直線の道を歩いているあいだ、人の姿を見かけることはなかった。左右に白く、細長くのびる砂浜にも、誰もいなかった。

　空は静まり返っていた。

　その男は砂の上へじかに腰を下ろすと、小説本を開いて読み始めた。何度目かの読み終わりが迫っていた。

　正午少し前に、珊瑚《さんご》の広がる遠浅の海の向こうから、小さな漁船がこちらへ向かってきた。漁船は本を読む男から百メートルほど離れた船着場に停まった。船着場といっても、波打ち際に珊瑚を積み上げて、馬蹄形に囲ってあるだけの場所である。

　船から真っ黒な中年男が一人、砂浜に降りた。中年男は浜を歩いて、男のかたわらを通り過ぎるとき、

「こんにちは」といった。

　男ははっとして本から目を上げ、「こんにちは」と応えた。中年男はそのまま集落へ歩いていった。男は再び読み続けた。

　バス停の近くまで戻り、雑貨屋の半分を座敷にした食堂で昼食を取りながらも、

男は読んだ。それからまた浜に座って、最後の数頁を読み終え、顔を上げた。

（孫にこんな話を語り聞かせた、そのお祖母《ばあ》さんは）その男は思った。（とんでもない大嘘つきだ）

その男ははじめ、「新しい文学」のために、その小説を読んでみようと思っていた。これを書いたときは貧しかったその小説家は、今では世界で最も偉大な作家の一人になっていた。尊敬すべき何人もの文学者が、その小説を賞賛していた。文学上の新理論の構築とか、フォークロアの復権とか、辺境からの文学とか、評者たちのそんな言葉を読んでから、実際の作を読んでみたのだった。

だが何回も読み返したあげく、人けのない砂浜に座っている男の頭に浮かんできたのは、たったそれだけの思いだった。

あたたかい風が、微かに海を鳴らしていた。大きな雲がゆっくり流れていた。

（大嘘が好きだ）

しばらく海風に全身をさらされているうち、その男の中に、そんな思いが浮かんだ。

（「新しい文学」なんて判らない。俺は嘘をつくのが好きなんだ）

男は立ち上がり、ズボンについた砂を払って、港へ戻るバスに乗った。宿へ戻るには、まだ日が高すぎたので、港からさらにバスに乗って、島の名所をあちこちと見て回った。

川平《かびら》の阿古屋貝を見て、竹富島を貸し自転車で一周して、フェリーで帰ってきたときの男は、もうその男ではなかった。それは私になっていた。私、小説を書き、次の小説を書き、今この小説を書いている、この私と同じ人間だった。

「帰るよ」

私は未来の妻にいった。

「もういいの？」

妻は私の声の明るさに気がついていた。私は答えた。

「うん。もう大丈夫だ」

電話を切り、私は呼ばれているほうへ歩き始めた。

トロフィー

西加奈子

KANAKO NISHI
77年テヘラン生まれ。04年『あおい』（小学館刊）でデビュー。その他の著書に、『さくら』（小学館刊）、『うつくしい人』（小社刊）、『きりこについて』（角川書店刊）、『通天閣』、エッセイ集『ミッキーたくまし』（筑摩書房刊）などがある。

鍵を閉めるのを忘れた、と思ったときには、もう遅かった。

お勝手まで走ると、ちょうど男が、扉を開けて入ってくるところだったのだ。恐怖で、足元がさらわれるような気がした。

男は、細くて、背は中くらい、でも肩幅がしっかりしていて、ぎょろりとした目で、とても、ずるそうだった。私の「泥棒」のイメージを、はっきりと体現しているのだ。私は、

「泥棒！」

と、叫んだ。泥棒の男は、それでもひるむことなく、ずるそうな顔で、扉の間から、すうっと、体を滑り込ませた。ご近所の皆さんが、わらわらと、お勝手に集まってきた。お勝手は、台所に通じている。つまり私は、台所で、泥棒の男と対峙していて、コンロには、たくさんのおネギと煮た鰯《いわし》が、くつくつと、良い音を立てていた。

「泥棒だ！」

「ああ、まさに泥棒！」

お勝手に集まったご近所の皆さんが、口々にそう叫んだ。泥棒の男は、それでも、ずるそうな顔で、にやにやしていた。

私は恐怖のあまり、皆に、

「トロフィーを！」

と、叫んだ。誰が持ってきてくれたのかは覚えていないが、私は左手に渡されたそれで、思い切り、泥棒の男の頭を殴りつけた。がす、という音を立てて、トロフィーはそれでも立派だったが、泥棒の男は頭から血を流して、倒れた。

「致命傷にはなっていない。大丈夫だ！」

ご近所の誰かが、泥棒の男の顔を指差して、そう言った。泥棒の男は、ううん、うん、とうなりながら、それでも、ずるそうな笑いを浮かべていた。

「警察を呼ばなきゃ。」

ご近所の皆さんは律儀に、お勝手から、中に入ってこようとはしなかった。それは、分かっていたことだった。ご近所の皆さんは、台所に一歩でも入ったら、立派なトロフィーで、私に、殴られると思っているのだろう。

私は、泥棒の男が動かないように、ガムテープで、泥棒の男の体を、台所のリノリウムの床に、ぺたりと貼り付けた。額の血は、すでに固まりかけていて、美味しそうな苺のソースのように見える。

受話器を取ると、ボタンを押していないのに、すぐに警察につながった。警察の男の人は、眠そうな声をしている。夜勤明けなのだ、と思うと、申し訳ない気持ちでいっぱいになった。

「泥棒がいるんです。今、台所の床に貼り付けておきました。」

「台所の床に？　分かりました。すぐに向かうからね。」

思ったより、面倒なことにならなかったので、私はほっとしたが、警察の男の人が、私の住所も名前も、何も聞かなかったことを思い出して、不安になった。

もう一度電話してみようかと思ったが、あの人は、しつこいと、きっと怒鳴ったり、チェッと舌打ちをしたり、とにかくいい気分はしないだろうと思って、諦めた。

泥棒の男のことが気になって、台所に戻ると、ちょうど、たくさんのおネギと鰯の煮付けが、いい頃合になっている。味見をして、お塩をひとつまみいれて、味をもっとしみこませるために、火を止めて、蓋《ふた》をした。夕飯が楽しみだ。


居間の赤いソファで、私は、小さな男の子の頭を膝に乗せている。

「どうして、あんなことをしたの？」

私が聞くと、男の子は、

「わかんない。」

と言った。傷口はすっかり乾いて、赤茶色になっていた。掌《てのひら》で撫でると、乾いた鳩を触っているような感覚がした。

「かさぶた、はがしていい？」

と、私が聞くと、

「いいよ。」

と言ってくれたので、私はそれをはがした。めり、めり、と音をたてて、かさぶたがはがれると、その下から、黄緑色の、綺麗な皮膚が現れた。男の子は、すっかり小さくなって、いまや、私の膝の上に、すっぽりと収まるサイズだ。

それで、男の子の体は、黄緑色で、ざらざらとしていて、小さな、きらきらしたうろこがあって、きちんと、イグアナだった。

「私の家なんて来ても、何も盗むものは無いのに。」

私がそう言うと、イグアナは、細くて可愛らしい舌を、ちろちろ、と出した。

鍵を閉めるのを忘れた、と思ったときには、もう遅かった。

お勝手まで走ると、ちょうど男が、扉を開けて入ってくるところだったのだ。恐怖で、足元がさらわれるような気がした。

「泥棒を、捕まえに来たぜ！」

夜勤明けの警察の男の人は、左手に警棒を持っていた。そして、靴も脱がないで、ずかずかと、私の家にあがってきた。

「だめ、だめ、だめ！」

私は彼を、必死で止めたが、彼は、私を大きな目で睨みつけて、聞く耳を持たなかった。

台所の床は、夜勤明けの警察の男の人の靴跡で、黒く汚れてしまった。床に、規則正しく描かれたオレンジの絵を、とても素敵だと思って、私は台所が、家中で一番好きな場所だった。たくさんのおネギと鰯の煮物は、台無しになってしまうだろう。

「彼は、何も盗んでいないんです！」

私は、夜勤明けの警察の男の人を必死で止めながら、そう叫んだ。

「彼は、ただ、オレンジを少し、舐めたかっただけなの！」

夜勤明けの警察の男の人が汚した、オレンジの絵を、私は辛くて、見ることが出来なかった。

イグアナの舌は、とても愛らしく、真摯《しんし》なのに。

お勝手には、必ず、ご近所の皆さんが集まってくる。

「トロフィーを！」

そう叫ぶと、もちろん、私にそれを渡してくれた。私は、今度は右手で、思い切り、夜勤明けの警察の男の人を殴った。がす、と音がして、夜勤明けの警察の男の人は、床に倒れたが、トロフィーは、やっぱり、ずっと、立派だった。


私はもう、もう、誰も、ガムテープで、床に貼り付けるようなことはしない。

イグアナは、本当のオレンジを探しに、どこかへ行ってしまった。

私は、指の中に残った、かさぶたの一部を舐めた。苦い味がした。

そして、自分が、このトロフィーをもらったとき、どんなにやせっぽちで、脚が速くて、愛されていたかを、聞いてもらいたくて、熱心に、夜勤明けの警察の男の人が、目を覚ますのを待った。
トロフィーは、私が生まれて初めて、もらったものだ。
金色で、ぴかぴかしていて、ずっしりと重くて、誰を傷つけても、へこたれない、
立派な、私のトロフィー。

はじまりのものがたり

中島桃果子

MOKAKO NAKAJIMA
79年滋賀県生まれ。日本大学藝術学部演劇学科卒業後、女優として舞台や映像作品に出演し、演出も手掛ける。08年「蝶番」で第4回新潮エンターテインメント大賞を受賞しデビュー。

とても不思議だわ。へんな感じ。私は思うのです。自分の娘の、孫として生まれてくるなんて。まだ、正確には、「生まれて」ないのですけれど。

私は今、娘の息子のお嫁さん、みすずさん、という女のひとのおなかの中に入っています。やってきてどれくらいでしょう？　何ヶ月か経つと思うのですが、よくわかりません。彼女の体の中に新しい命が生まれた瞬間に私もやってきたのか、それとも少しあとなのか、そのあたりがよくわからないのです。けれど知っていることもたくさんあります。今は昭和五十四年のようです。昭和の頭には私は成人してましたから、ずいぶん早くこの世に戻ってきてしまいました。子供たちのことを心配し過ぎてしまったからでしょうか。

みすずさん、は美鈴と書くのだそうです。私の娘は鈴江といいます。私が産んだ子ども〈かつて産んだと申し上げるべきでしょうか？〉は三人で、娘が二人とその下に息子です。姉と弟にはさまれた二番目の子供、それが鈴江です。美鈴さんと鈴江は、嫁姑なのに、名前が似ているので、実の親子だと思われているのだそうです。

美鈴さんのお母様は鈴子さんとおっしゃるそうです。身近な家族の中に「鈴」のつく名前の女が三人もいるわけです。けれども何か面白いことがはじまるわけではありません。

私の名前ですか？　私はキヨといいます。名字は上古殿、かみふるどの、と書いてじょうこでん、と読みます。上古殿キヨという名前ですが、別に貴族ではありません。鹿児島にはこの名字が大変多いのです。少し前、私が美鈴さんのお腹にやってきた頃、鈴江もその話を美鈴さんにしていました。上古殿鈴江という華麗な名前が、笹暮《ささくれ》さんという男性と結婚したために、笹暮鈴江になってしまったという悲話です。字面は悪くないのですが、ササクレスズエという読みが大変不満足なのだそうです。そのことを話す鈴江の口調もずいぶんとささくれ立っておりました。昔からおきゃんな娘でしたが、早くに私が死んでしまって苦労をかけたせいか、勝気すぎる娘に育ってしまったみたいです。みすずさん、はときどき困惑している模様です。もちろん笹暮家に嫁いだみすずさん、も笹暮美鈴・ササクレミスズです。みすずさん、がご実家に帰られるときも、おなかの中の私は当然ついていくのですが、お父様の口調、お母様の話しぶり、腹ごしに感じる空間の具合、なかなかいいおうちで大切に育てられた気がいたします。みすずさん、は、ご飯ひとつうまく炊けないご様子で、その度に鈴江の声が悪気なく「信じられない」といった風にささくれ立ち、私はおなかの中から、「鈴江、妊婦さんですよ!」と諭すのですが、その諭し、は、

「赤ちゃんがお腹を元気に蹴ってますー」

という美鈴さんの言葉で、私の意図したようには伝わらないのです。たしかに、この魂が宿っているからだはもう、上古殿キヨ、三十九歳のものではないのでした。美鈴さんは元来明るい方のようで、この美鈴さんの、あけっぴろげで呑気な「蹴ってますー」を聞くと、鈴江も、ささくれ立っている自分がばかばかしくなるようでした。

私は十八歳で結婚いたしまして、三人の子供を産んだあと、しばらく元気でした

が、体を患い、三十九歳で死んでしまいました。たしか鈴江が女学校の二年生、数えで十六歳くらいだったのではないかと思います。末っ子の吉郎は、まだ九歳でした。

「えー。それは絶対に迷信ですよ、お母様可哀そう」

声を上げたのはみすずさん、です。鈴江の初孫がもうすぐ生まれるということで、いまこの食卓には、熱海からやってきた吉郎もいるようです。吉郎は熱海でホテルやキャバレーなどを経営して、しがないバーテンダーからずいぶんと出世したみたいです。私の脳裏に浮かぶのは、私が叱ろうとすると、へんてこなステップを踏んでおどける吉郎の姿です。その愛らしいステップに、つい噴き出してしまい、怒るのを忘れてしまったものです。その愛嬌をそのままに大人になったようで、話を聞く限りでは、若いころはどうもたくさんの年上の女性に可愛がって頂き、現在もたくさんの女性が吉郎を慕っているようです。熱海という町は確かに吉郎にあっているのかもしれませんね。元来優しくて、人を楽しませることやもてなすことが大好きな子でしたから。みすずさん、が、妹と熱海に旅行に行った際も、吉郎はずいぶんもてなしてやったみたいです。「おじさん、かっこいいね」と美鈴さんは夫であり私の孫である昭吾にそう話していました。吉郎は父親、つまり私のだんなさんによく似ていました。私のだんなさんはとてもハンサムでした。ちょうど今の吉郎は、私が生きていたころの、私のだんなさんと同じ年齢くらいです。そういうことを考えると、私はこのお腹に、みすずさん、が痛くならないような程度の小さな穴をあけて、大人になった鈴江や、吉郎をこっそりのぞき見したいなと思うのです。

そうそう、みすずさん、が声をあげた話でしたね。それは、私の病気の治療の話です。

今日は吉郎と鈴江が揃っているのでおのずと私の話になったようです。〈死んで何年も経っているし、早死にして迷惑をかけたのに、こうして私のことを思い出してくれていると思うと涙が出ます。けれど新しいからだなので泣きかたがまだわかりません〉みすずさん、が、鈴江さんのお母様のご病気は今でいう何なんですか？

と尋ねるのですが、鈴江も吉郎もよくわからないのです。

「でも、一度お便所がまっ赤になっていたから、もしかしたら直腸がんとか、子宮がんとか、そういうのだったのかもね。ほら、今と違って水洗と違うからわかるんよ」

鈴江が話しています。そうか。今さらながらに私は思います。わずか十二歳くらいの子供がそれを見てどんなにか心細かったでしょう。子供たちは私を治すためになんでもしてくれました。当時こうすれば治ると言われて、吉郎と鈴江が外で集めてきたなめくじを、だんなさんが瓶に入れて床下に保存し、私に食べさせていたのです。けっして気持ちのいいものじゃありません。けれどもそれが養生になると、家族みんな、信じていたのです。みすずさん、が迷信だと声を上げたのはここのくだりです。

「いやでもね、他にもそういうのたくさん、当時はしたんだよ」

これは吉郎の声です。

「たまごとかな」

妹弟でうなずきあっています。それ、なんなんですか？　とみすずさん、が尋ねます。

「たまごをね、四つくらい溶いて、それをフライパンに落して、炭になるまで炒るんよ。それでその炭を絞った油を、お母さんに飲ませてたん」

「……。それ逆にガンになるんじゃないんですか」

これはみすず、さん。

「でも当時はそれが薬になるって言われてたんだよ。親父はお袋を溺愛してたから、手に入らないたまごを、俺達こどもに見つからないように戸棚に隠してな」

これは吉郎。

「だからわたしたち子供のころ、たまごなんて食べたことなかったよ」

これは鈴江。よほどたまごが食べたかったんでしょう。うらめしそうに話しています。

こども達の言うとおりです。だんなさんは私をほんとうに大切にしてくださいました。

キヨ。キヨ。これが、だんなさんの、「ただいま」の代わりでした。ただいまの前に私の名前を呼ぶのです。

だんなさんは鹿児島で生まれ、一度親の意向で村の娘と結婚させられましたが、その娘のことが嫌いで、一週間で逃げてきてしまいました。娘の家が坂の下にあり、そこを通らなければ村のどこにも行けなかったので、鹿児島にいられなくなっただんなさんは、大阪で警官になりました。ハンサムだっただんなさんは女性に取り囲まれる日々で、悪い虫〈とは元来男性のことを指すのではなかったでしょうか??〉がつくのをおそれたご両親が、父方の兄嫁のいとこ、の娘である私を紹介し、だんなさんは鹿児島に戻って私と結婚いたしました。吉郎が生まれてすぐに、支那事変〈今は日中戦争と呼んでいるようですね〉に出征しましたが無事帰ってからは駐在所勤務でした。駐在所兼自宅でありましたので、いそいそと帰るも、そこが家なのですが、だんなさんは、田んぼの中に建っている在所と私が養生している部屋の間の小さなあぜ道に、小さな板を渡して、そこを近道に、私の部屋にまっさきに飛んできては「キヨ、キヨ」と呼ぶのでした。そして私の枕元に何分でも何時間でもじっと座っているのでした。頂きものの果物やなんかも戸棚にしまって、私だけに食べさせるのです。子どもが可愛くないのではなくて、どうしても私を治したかったのです。子どもたちはみんな健康で外をとびまわっておりましたから。それでも私は子どもが不憫で、こっそり戸棚を開けさせてはだんなさんの仕事中に、果物を子どもに食べさせました。吉郎も鈴江も、それをむしゃむしゃと食べました。戸棚から果物が減っていても、私が食べたというと、だんなさんは「そうか」と微笑むだけで、何も言わないのでした。

　向こう側ではまもなく冬が終わるようです。私もちゃんとおなかの中で、ツメやら指を感じられるようになってきました。

「おかあさんというと、思い出すのは、ミシン踏みもっての鼻歌やねー。陽気な人で病気になるまえは一日中ミシンを踏んでたんよ」

みすずさん、越しに鈴江の声が聞こえます。そうです。私は洋裁が得意で、生前洋裁をしていたのでした。そのことはいまはうすぼんやりとしか思い出せません。このごろそうなのです。

鈴江が自分の娘であったことは思い出せるのですけれど、いったいいくつで産んだのか、そして自分がいくつで死んだのか、あまりはっきりしないのです。私にはだんなさんがいたのですけれど、どんなだんなさんだったか、あまり思い出せないのです。いや思い出せなくなってきたのです。目が覚めたら忘れてしまう、夢みたいに。悲しいことですけど、生前の出来事が夢のようにうすぼんやりしていくのは、きっと、「あたらしいはじまり」が、私をもうすぐそこで待っているということなんでしょう。あたらしいはじまり、に望むことは特にありません。なにか大きく成しとげたいこともないですし、長生きしたい、とかもございません。ただ、ひとつなにかを望めるとしたら、なんでもない仕草、や、口癖、や、ふるまい、を、次に私が消えたときにも、誰かひとりでも、懐かしく思い出してくれたらいいなと思っています。私がいつも吉郎のへんてこなステップを思い出すように。鈴江の三日月眉が、揃えた前髪の下でつりあがるのを思い出すように。

キヨ。キヨ。これが、だんなさんの、「ただいま」の代わりでした。キヨ、キヨ、というのは、とても懐かしい言葉のように思うのですけれど。

魔コごろし
万城目学

MANABU MAKIME

76年大阪府生まれ。06年に第4回ボイルドエッグズ新人賞を受賞した『鴨川ホルモー』（産業編集センター刊）でデビュー。2作目『鹿男あをによし』（小社刊）は第137回直木賞候補となる。その他の著書に『ホルモー六景』（角川書店刊）、『ザ・万歩計』（産業編集センター刊）、『プリンセス・トヨトミ』（文藝春秋刊／第141回直木賞候補）、『かのこちゃんとマドレーヌ夫人』（筑摩書房刊）。

海辺に三人、全身褐色に日焼けした、見るからに屈強な男が集って、先ほどから頭を突き合わせ何ごとか話し合っているのは、いかにしてあの魔《ま》コをころすか、ということについてである。

とはいえ、魔コをころすため、三人ともが海に向かうのではない。海に入るのは、そのうちのたったひとりだ。

これまで決して誰も試みようとしなかった魔コごろしが行われる。砂浜を見下ろす丘には、大勢の村人がつめかけていた。誰もが緊張の面持ちで、ときに不安げな眼差しで、今後、自分たちの長《おさ》になるであろう若者の出発を見守った。

「兄よ」

とその手にイノシシの骨を鋭利に研ぎ上げたものを差し出し、一人目の男が声を発した。

「そろそろ潮が引く」

「うむ」

兄と呼びかけられた男は、乾いた色合いの骨を受け取り、自ら木を選び、手のひらに馴染むまで、丁寧に削った細い棒の先端にそれを取りつけた。

「兄よ。ほら——隣村から女が来ている」

三人目の男が指差すと、こしらえたばかりの槍を手に、男はゆっくり振り返った。

確かに村人たちの立つ丘から少し離れた場所に、従者を引き連れた女の姿が見えた。長い髪を海風に靡《なび》かせ、日焼けした膚の下、長の娘であることを示す黥《いれずみ》面を鮮やかにして、女は鋭い視線を男へ注いでいた。

「美しいな——あの女は」

「ああ、美しい」

「だが、女は長兄を選んだ」

背中で二人の男が話すくぐもった声を聞きながら、男は手にした槍を掲げた。

丘に立つ女は風に騒ぐ髪を手のひらで止め、うなずいた。女の足元で、赤い花を咲かせる草木の放つ緑がとても強く映えた。

「弟たちよ」

女の姿を黒い瞳に焼きつけ、男は砂に槍の先をついた。自分と同じ、特徴ある太い眉を母から受け継いだ二人に、静かに呼びかけた。

「これは亡き父が私たちに託した約束だ。私は彼女を妻として迎える。そして、私は新たな長となる。お前たち二人は、これからもよく私を支えてくれ」

「もちろんだ、兄よ」

「機会は公平にあった。結果には納得している。それに何といっても、女が選んだのは長兄——あなただ」

男は二人の弟の顔を見回しうなずいた。弟たちの右胸に刻まれた、波を象《かたど》った文身《いれずみ》に順に手で触れ、最後に己の胸の同じ文様に添えた。

「これから、魔コをころす」

「ころすだけじゃない」

「わかっている。最後まで言わなくていい」

男は口元を引き締め、棒の先の骨のはまり具合を確認した。

「こんなに静かな海は久しぶりだな」

目の前に広がる、鮮やかな蒼の海を迎え入れるように両手を広げ、男はゆっくりと息を吸った。

槍を肩に担ぎ、男は隆々たる筋肉を陽の光にさらし海に向かって歩き始めた。

＊

今は亡き前《さき》の村長《むらおさ》は、ひと月前、急な病に倒れた。ばばの祈禱もむなしく、死が近いことを知った長は、枕元に三人の息子を呼んだ。

たとえ誰があとを継ぐことになろうとも、三人の資質に関し、長は何の心配もしていなかった。ただ、気がかりなのは隣村の存在だった。長が村を治めた二十一年の間、小競り合いから大きないくさに至るまで、戦いの回数はおよそ六十三にも及んだ。長の左腕がその半生において上がらなかったのは、はじめてのいくさで肩の骨を石鏃《せきぞく》の矢に砕かれたためである。

ただ、この一年は両村の間にいくさはなかった。ともに長が年老いたからだ。そして、先に生を終えたのは、生涯の敵だった隣村の長だった。

自身の死に際し、隣村の長はたった一人残された娘の安全を守るため、苦渋の決断を下した。すなわち、憎き敵に、娘の未来を託した。すぐれた資質と噂に聞く、三人の息子のうちのひとりに、娘を嫁がせる旨を、伝えてきたのである。

それを聞いた長は、一時はこの機を逃さずいくさを仕掛けることを計画したが、やんぬるかな自分もあとを追うようにして病に伏してしまった。

長は枕元に集った三人の息子に遺言を伝えた。

かくなる上は、お前たち三人で奴の娘に会い、夫として選ばれた者が次の長になるがよい。その者は、自ずと二つの村の長となるだろう。ただ、自分が心配するのは、その結果がもとで、お前たちがいがみ合うことだ。ゆえに、お前たちに命ずる。

ここで長は息を継ぐと、厳しき戦士の眼差しで「長となるべき最後の条件」を告げた。

すなわち、選ばれた者は海に入り、底に棲むあのおぞましき魔コをころせ、と。

*

「今でもはっきり覚えている。海の中にはじめて魔コの姿を見たときのことを。おそろしくて思わず泣いてしまった私を長兄はやさしく抱いて家まで戻ってくれた」

と末の弟が言った。

「むかし、ばばが言っていた。神が天から降りてきたとき、海のものを集め、神の言葉に従うか訊ねたそうだ。他の連中がすぐさま恭順を伝えるなかで、魔コだけが何も言わなかった。乱暴な女の神だったそうだ。もの言わぬ魔コに腹を立て、持っていた小刀でその口を割いてしまった。だから、魔コの口は今も割けたままだ」

と次兄が言った。

「ああ、おぞましい。そういえば、隣村の者に言われた。自分たちの村では、単に『コ』と呼んでいる。なぜ『魔』をつけて呼ぶのか——と逆に訊かれても、わからなかった。何か知っているか、次兄？」

「ばばだよ。ばばの母親が、誤って石を投げ、魔コの皮膚を破ってしまったせいで、おそろしい病気にかかって死んでしまった。それ以来、村では魔コと呼ばれ、決して近寄ってはいけないと言われるようになった」

「それなのに、父は妻を得た者は、その代わりに魔コをころせと言った。しかも、それだけじゃない。その肉を食せ、と言った。そんなことをしたら長兄が死んでしまう」

「だが、それほどのことをして生きていたなら、誰もが長兄を長として認める。兄弟の諍《いさか》いも起こらない。話を聞いた隣村の人間たちも、見る目が変わるだろう。皆、昨日まで敵だった連中だ。いくさの種はそれこそどこにでもある。父は戦う男だ。

子にもそれを求めたのだ」

「確かに……コであれ、魔コであれ、あれを食すことを考えた者など、これまで誰もいない」

遠ざかる長兄の背中を見つめ、次兄は「私にはとてもできない」とつぶやいた。

「あんな化け物を食すなんて——」

*

男は槍を手に、海に入った。

冷たい感触がすねを洗う。水面を風が渡り、貝殻を結んで作った男の首飾りをかすかに鳴らしていった。それは隣村の女が選んだ男という証だった。

槍を構え、男は波が引くのを待った。

静かな潮音とともに、膝裏を波がくすぐっていくのを感じながら、足元に顔を向けたとき、そこに魔コがいた。

ゆらめく水面の光を受ける砂の上に、およそ十の魔コが横たわっていた。男がじりじりと近寄っても、まったく動く気配もなく、ぬらぬらした赤黒い皮膚をさらし、影のように砂にへばりついている。

男は槍を両手で握りしめ、大きく頭の上にふりかぶった。悲鳴にも似たかけ声とともに真下に下ろした。

確かな手応えがあった。槍を握る手を波が洗い、やがて引いたとき、男は足元に串刺しになっている魔コの姿を認めた。

男は槍を持ち上げた。

その先に力なく垂れ下がった魔コを見つめた。その割けた口の醜さに思わず視線をそらした。

男はしばらく躊躇したが、やがて観念したように目をつぶり、父との約束を守るべく、これからあの女を迎えに行くべく、また、またこの地に恒久なる平和をもたらすべく、その胴体にかぶりついた。塩の味に加え、意外な歯ごたえが、男のあごを捉えた。

その瞬間、わが国の海鼠《なまこ》にまつわる食文化の歴史が始まった。

パパミルク

小川糸

ITO OGAWA
『食堂かたつむり』（ポプラ社刊）にてデビュー。10年に同作品が映画化。その他著書に、ポエム絵本『ちょうちょ』（講談社刊）、『喋々喃々』『ファミリーツリー』（ポプラ社刊）、日記エッセイ『ペンギンと暮らす』（小社刊）などがある。

「ただいま」

建て付けのよくない引き戸を無理やり押すようにしてこじ開けると、

「なんや日和《ひより》、また食い逃げか」

店のカウンターの下にある冷蔵庫の扉を開けたまま、父は言った。

「大晦日で他の店閉まってるから、しょうがなくここ来ただけです」

私はそう言いながらコートのボタンを外し、食器棚の特等席に飾られている写真立ての女性に挨拶する。この人が、私を産んでくれた人だ。でも私には、母の記憶が一つもない。

母は、私がまだ三ヶ月の時に死んだ。寝ている私を父に預け、ほんの数百メートル離れた薬局まで、私の汗疹《あせも》につける天花粉を買いに走ったのだった。その時、黒の二人乗りベンツに撥ねられて死んだ。

何故こんな細い路地を車が猛スピードで走ったのか。私はいまだにその現場を通るたび、胸底からゴロゴロとした岩のような怒りが湧き出てくる。そして父は今でも、事故現場に花を手向ける。母が好きだったという、実家の庭に咲く野の花である。

気が付くと、天井近くに置かれた小型のテレビでは、紅白歌合戦が始まっていた。

「このテレビ、もう来年は見られなくなるんやないの？」

私は、父の出した奈良漬けをつまみながら何気なく言った。

「地デジ、お父ちゃんもそれくらい知ってるやろ？」

声を張り上げたが、父には届いていないらしい。逆に、

「あれが昔、パパミルク、パパミルクゆうて、わしの乳、舐め回してた娘ですわ」

私が店に来ると必ず客に話すことを、また一人客の中年女性に聞かせている。女性は、父の経営するこの寂れた飲み屋に似合わず、どこか品のいい雰囲気を醸し出していた。

「六歳になっても、まだなんかあると、パパミルク、パパミルク、ゆうて騒ぎますでしょ。そうなるとわし、どこでも服めくって、この子に乳吸わせてやったんです

よ。左だけ吸うから、いまだに左の乳首だけ腫れてますわ。見てみます？」

忘れたことになっているが、もちろんパパミルクのことは覚えている。父は、生後数ヶ月の幼い赤ん坊とたった二人きりになり、途方に暮れたに違いない。おっぱいを欲しがる私に、自分の乳首を吸わせたのだろう。私は、父の乳首の感触が好きだった。

その後すぐに女性客が帰ったので、私は父と二人きりになった。それで、

「お父ちゃん、案外この店で、もててんのとちゃうの？」

からかい半分で言ってみた。

娘の私の口から言うのもなんだが、父はよく見ると男前だ。背が低いのは玉に瑕《きず》だが、カウンターにいる限りは気にならない。私は奈良女子大に通っていたが、その友人達にも、父は人気者だった。ある友人は、本気で私の継母になりたいと言って私を驚かせた。

しばらく二人でテレビ画面の演歌歌手の熱唱に聴き入った後、私は、

「お父ちゃん、彼女とかおらへんの？」

なんとなく、父に尋ねた。ふざけてでもいないと、場が持たない。

「とかってなんや？　彼女か？」

「そうや、お父ちゃんかて、まだ還暦前なんやし。最近は、中高年の婚活が流行《はや》ってるゆうやんか」

「なんやコンカツて？　コンニャクのフライか？」

「何ゆうてんの、結婚活動や」

「それゆうたら、やらなあかんのは日和の方やろ」

「うちは大丈夫です。いい人いてますから」

「親にも会わせられんのが、ええ人かいな」

父は言った。本当は、父にまだ言っていないことがある。今回は、それを父に伝えるために奈良に帰ってきたのだ。でもまだ、そのことは言い出せなかった。そして私は言った。

「なぁお父ちゃん、お母ちゃんの写真、いつまでそうしておくん？　お母ちゃん、ずーっと若くてきれいなまんまやよ」

写真の中の母は、すでに私よりも若い。

「それが何か？」

「だって、ここの店来はる人、おばちゃんばっかやん。嫉妬すると思うで」

「そうか」

いきなり父が真顔で答えた。

「あいつのこと忘れんでいよう思うて、アルバムから写真引っ張ってきて、何気なくここに飾ったんやけど。何でも、始めるのは気安いもんなんや。そやけど、何かを終わりにするゆうのは、ほんま難しいなぁ。そやから日和も、わしが死んでも、絶対に写真飾らんといてな。いつ片付けたらええんか、わからななってしまうから」

突然、父がまじめな口調で話すのでびっくりした。そして、今更私もふざけるわけにもいかず、真剣に尋ねた。

「お父ちゃん、この写真、もうここに飾りたくないん？」

みるみると、感情が込み上げてくる。私は慌ててテレビに目をやった。父は、リモコンを使ってスマップの歌声を小さくすると、私の前に真剣な表情でやって来て、じーっと目を見てこう言った。

「なぁ日和」

「なんや、急に改まって、きしょいわ」

「わし、再婚しようと思うてますのや」

「え、誰と？」

「さっき、そこにおったスミエさんとや」

「スミエさんなんて、聞いてないわ」

私は言った。

「だから今、日和ちゃんに報告してるんやないか」

父には父の人生がある。二五年前に母が亡くなったことで、たくさん苦労もしてきた。こんなちっぽけな店をやりながら、一人娘を大学にまで行かせてくれた。父にだって、もちろん幸せになってほしい。だけど、肝心のここが、大声でそれを否定している。

「ちょっと、お風呂行ってくる」

私はそう言うと同時に立ち上がった。

「大晦日やし、やってへんやろ」

父の声を、背中ではね除けた。

私が生まれ育ったのは、奈良市の中心部にある「奈良町」という地区だ。昔ながらの古い格子の家やお寺などがたくさん残されていて、細い路地が入り組んでいる。昔は、伝統産業の奈良晒《ならざらし》や酒で栄えた商人の町だったらしい。私は、ひっそりとした夜道を歩きながら、思いっきり息を吸い込んだ。奈良町には、昔から古い木の香りがする。向こうに、興福寺の五重塔がそびえていた。

父の言う通り、銭湯は閉まっていた。私は、少し遠回りをしてから家に戻った。軒先に、すっかり色褪せた身代わり申《ざる》がぶら下がっている。猿の形をした人形を家族の人数分だけ吊しておくと、災難や病気を代わりに受けてくれるというお守りだ。家には三つ、吊り下がっている。私を身ごもっている時に、母が自分で作ったらしい。

私は家の玄関を勝手に開けて中に入った。典型的な町屋の造りで、冬は底冷えのする寒さだ。うなぎの寝床のように細長いが、なぜか帰ってくるとホッとする。私は、二階にそのままにしてある自分の部屋に向かった。それから押し入れの襖を開けて、裁縫箱を取り出す。生前、母が使っていたものだという。

父は、母よりも好きな人ができたのだろうか？　自分はそう思って、さっきから胸を掻きむしられているのだと思い込んでいた。けれど、違う。お父ちゃん、私より大切な人ができたんか？　本当は、私の中にいる幼い私が、さっきからそんな駄々をこねている。ぽろり、ぽろり、哀しみが楽器を奏でるように、涙が滑り落ちる。辛い時こそ笑うようにと教えたのは父だ。私はがんばって笑みを浮かべた。けれど涙のせいで、なかなか針穴に糸を通せない。

裁縫なんてほとんどしたことのない私が、身代わり申を作ろうとしている。この申が迷信であることは、母の例をとってみても明らかだ。それでも、作らないわけにはいかない。何度も間違って指先に針を刺しながら、一針一針、心を込めて縫っていく。やがて、除夜の鐘が響いてきた。

この家に家族が増えるのだ。一つは、父が再婚するかもしれない女性のため。一つは、私の旦那さんとなるコウスケのため。そしてもう一つは、私と同じように五月に生まれてくるだろうおなかの赤ちゃんのため。母もきっと、迷信だとわかっていても、縫わずにはいられなかったのかもしれない。

「日和!」

店から戻ってきた父が、玄関先で私を呼ぶ。この名前は、母が私に残してくれたものだ。毎日、笑っていられるように。一日一日が、何かしら特別な日でありますすように、と。
もう一度笑うと、また涙がぽろりと零《こぼ》れた。

本書は、「パピルス」（２００６年10月号〜２０１０年２月号　２００７年６月号、２００９年８月号を除く）に掲載されたものに、加筆・修正をした文庫オリジナルです。

著者一覧（掲載順）

光原百合　島本理生　藤谷治
三羽省吾　橋本紡　西加奈子
金原ひとみ　宮木あや子　中島桃果子
恒川光太郎　柴崎友香　万城目学
三崎亜記　津村記久子　小川糸
中田永一　中島たい子
伊藤たかみ　朝倉かすみ

スタートライン

始《はじ》まりをめぐる19の物語《ものがたり》

小《お》川《がわ》糸《いと》　万《ま》城《き》目《め》学《まなぶ》 他

平成22年4月10日　初版発行

発行人――石原正康
編集人――永島賞二
発行所――株式会社幻冬舎
〒151-0051東京都渋谷区千駄ヶ谷4-9-7
電話　03(5411)6222(営業)
　　　03(5411)6211(編集)
振替00120-8-767643
印刷・製本―中央精版印刷株式会社
装丁者――高橋雅之

幻冬舎文庫

ISBN978-4-344-41453-2　C0193　お-34-2